光文社文庫

長編時代小説

仮宅《かりたく》

吉原裏同心(9)
決定版

佐伯泰英

光　文　社

目次

新吉原廓内図

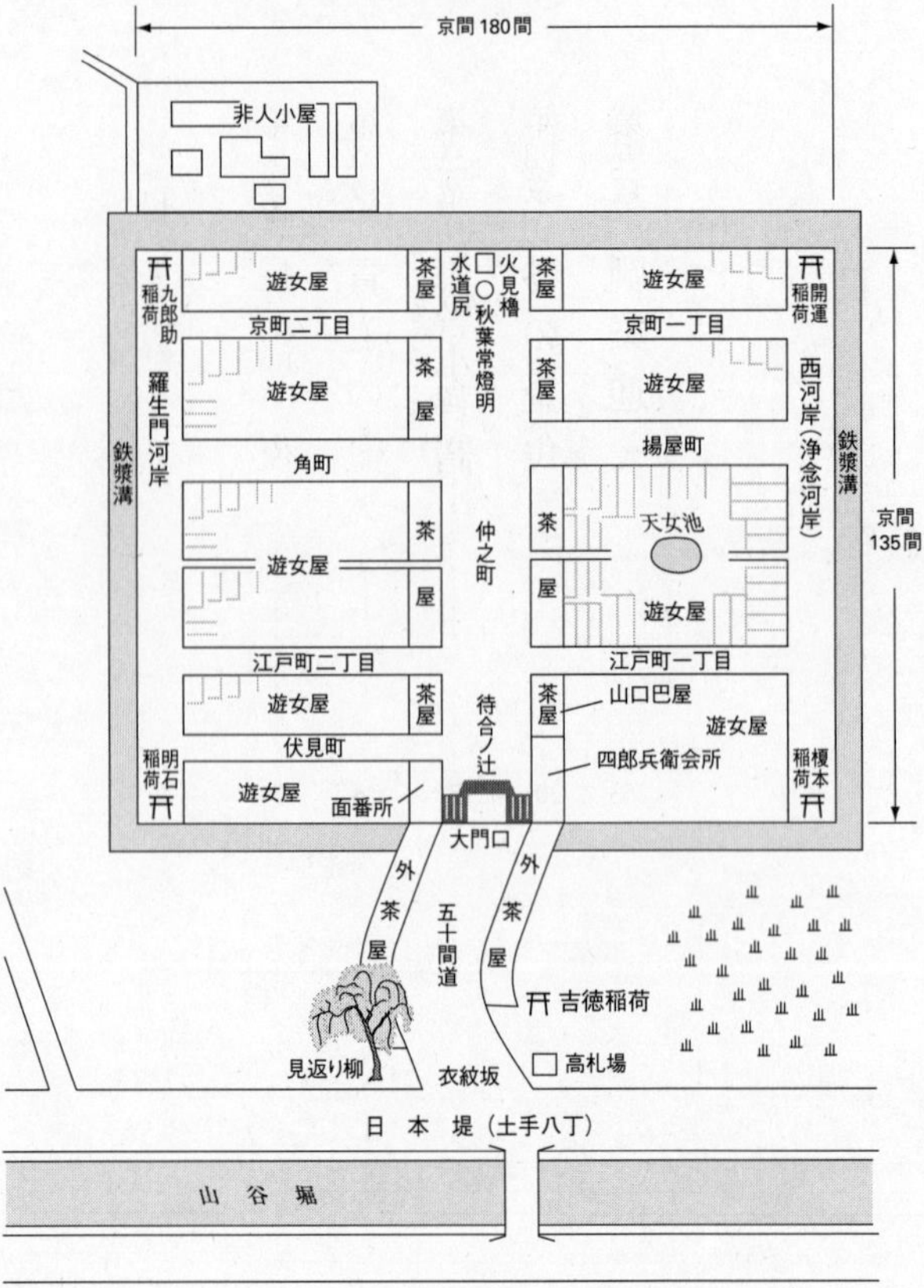
京間180間
非人小屋
九郎助稲荷
遊女屋
茶屋
京町二丁目
火見櫓
水道尻
秋葉常燈明
京町一丁目
開運稲荷
羅生門河岸
鉄漿溝
角町
仲之町
揚屋町
天女池
西河岸(浄念河岸)
京間135間
江戸町二丁目
江戸町一丁目
山口巴屋
伏見町
待合ノ辻
四郎兵衛会所
明石稲荷
榎本稲荷
面番所
大門口
外茶屋
五十間道
吉徳稲荷
見返り柳
衣紋坂
高札場
日本堤(土手八丁)
山谷堀

北
鐘ヶ淵
千住大橋
隅田村
荒川
三河島
田端
日暮里
千住道
小塚原
隅田川
駒込
谷中
日本堤
金杉上町
新吉原
今戸町
千駄木
白山
下谷
鷲神社
山谷堀
今戸橋
東叡山寛永寺
浅草寺
根津権現
御薬園
小石川
本郷
中堂
東本願寺
広徳寺
幡随院
阿部川町
浅草花川戸町
吾妻橋
伝通院
不忍池
新堀川
田原町
竹町ノ渡し
三間町
菊坂町
池之端仲町
下谷広小路
御徒町
並木町
駒形堂
湯島天神
春日町
水戸徳川家
蔵前
牛込
森田町
石原町
神田明神
神田川
御米蔵
外神田
向柳原
牛込御門
小石川御門
水道橋
神楽坂
天王町
浅草橋
柳橋
御竹蔵
昌平橋
筋違御門
和泉橋
柳原土手
番町
両国広小路
本所
田安御門
俎板橋
雉子橋御門
一ツ橋御門
内神田
馬喰町
両国橋
回向院
市谷
竪川
神田橋御門
清水御門
市谷御門
小伝馬町
今川橋
日本橋
新大橋
常盤橋御門
北町奉行所
小名木川
室町
江戸橋
麹町
江戸城
半蔵御門
呉服橋御門
仙台堀
深川
日本橋
南茅場町
材木町
西之御丸
南町奉行所
鍛冶橋御門
八丁堀
組屋敷
永代橋
京橋
霊岸島
富岡八幡宮
桜田御門
永田町
赤坂御門
数寄屋橋御門
西本願寺
越中島
山王日枝神社
新橋
築地
石川島
佃島
溜池
幸橋御門
汐留橋

『仮宅』主な登場人物

神守幹次郎……豊後岡藩の元馬廻り役。幼馴染で納戸頭の妻になった汀女とともに、逐電。その後、江戸へ。吉原会所の七代目頭取・四郎兵衛と出会い、遊廓の用心棒「吉原裏同心」となる。

汀女……幹次郎の妻女。豊後岡藩の納戸頭藤村壮五郎の妻となっていたが、幹次郎とともに逐電。遊女たちの手習いの師匠を務め、また浅草の料理茶屋・山口巴屋の商いを手伝う。

四郎兵衛……吉原会所の七代目頭取。幹次郎を吉原裏同心に抜擢。幹次郎・汀女夫妻の後見役。

仙右衛門……吉原会所の番方。四郎兵衛の腹心で、吉原の見廻りや探索などを行う。

玉藻……引手茶屋・山口巴屋の女将。四郎兵衛の実の娘。

村崎季光……吉原会所の前にある面番所に詰める南町奉行所隠密廻り同心。

足田甚吉……豊後岡藩の元中間。幹次郎・汀女の幼馴染。藩の務めを辞した後、吉原に身を寄せる。

薄墨太夫……人気絶頂、三浦屋の花魁。

仮《かり》宅《たく》——吉原裏同心（9）

第一章　長い夜

一

天明《てんめい》七年（一七八七）師走《しわす》、吉原会所《よしわらかいしょ》の若い衆《わかいし》はいつにも増して大忙しとなった。

吉原がこの年の十一月九日未明《みめい》に炎上し、廓内《くるわない》全域が焼失して仮宅《かりたく》商いを余儀《よぎ》なくされたからだ。当然、京間《きょうま》南北百八十間《けん》東西百三十五間の、高塀と鉄漿《おはぐろ》溝《どぶ》に囲われた閉所《へいしょ》の外に花魁《おいらん》女郎《じょろう》衆が出て、それぞれが各所の仮宅に散っての営業再開となった。

となると幕府が許した遊里《ゆうり》ゆえ、

「御免色里《ごめんいろざと》」

とか、

「北国《ほっこく》の傾城《けいせい》」

と呼ばれて格式を誇り、紋日《もんび》などの行事にがんじがらめの花魁衆も客も変わらざるを得ない。楼《ろう》に上がったはいいが初会《しょかい》だ、裏を返すだと遊女《ゆうじょ》の手にさえ触れるのもままならぬ余計な仕来《しき》たりなど吹っ飛び、遊女と客の直截《ちょくせつ》な関わりに戻らざるを得ない。太夫《たゆう》だ、花魁だともてはやされた威勢を張りたくとも借家の仮《かり》見世《みせ》ではどうにもならないのだ。

一方、客の側は日ごろ張見世《はりみせ》の中でふんぞり返っている遊女が安直《あんちょく》に床入《とこい》りしてくれるというので、

「おい、吉原が仮宅の内によ、花魁に挨拶《あいさつ》に行かねえか」

「挨拶とは寝床の中でありんす言葉なしの貝合わせか」

「八《はち》、いくら仮宅たってそういきり立ったんじゃあ、女郎に嫌われるぜ」

「女郎が好きなのは客の顔でもねえ、気性でもねえ。手に握り締めた山吹色《やまぶきいろ》だ」

「ちげえねえ」

というので、八《はっ》つぁん熊《くま》さんも馴染《なじみ》の楼の仮宅に駆けつけて遊んだ。客も喜んだが、意外にも妓楼《ぎろう》の主《あるじ》もまた仮見世営業を待ち望んだ。吉原が再

建されるまでの期間、お上《かみ》から吉原外で許された百五十日から長くて七百日、仮宅商いの間に新しい妓楼の建築費用を稼ぎ出すほど客が詰めかけたからだ。

だが、限られた色里を監督差配してきた町奉行所隠密廻《おんみつまわ》りや吉原会所の面々は、妓楼が浅草界隈《あさくさかいわい》を中心に本所深川《ほんじよふかがわ》まで散って、その監督が一段と難しくなった。

そこで四郎兵衛《しろべえ》以下、連日の夜廻りが続き、

「吉原裏同心」

と陰で呼ばれる神守幹次郎《かみもりみきじろう》の身辺も慌ただしさを増した。

この宵、神守幹次郎は会所の船で隅田川《すみだがわ》（大川《おおかわ》）を渡った。吉原会所の番頭格《ばんとう》、番方《ばんかた》の仙右衛門《せんえもん》の供で、若い衆の宗吉《そうきち》らを従えていた。

当初、吉原が焼失したときの仮宅はおよそ浅草観音《かんのん》の息がかかった浅草界隈《かいわい》だった。だが、二万余坪の吉原に何百軒と同業が雲集《うんしゆう》していた妓楼のすべてを浅草界隈に集めて適当な借家を探すなど不可能だ。どうしても大籬《おおまがき》（大見世《おおみせ》）が金に飽かして水茶屋《みずぢやや》、掛《かけ》茶屋などを最初に押さえてしまう。となると小見世《こみせ》（総《そう》半籬《はんまがき》）はどうしても浅草から遠い地、下谷《したや》、馬喰町《ばくろちよう》、さらには川向こうの本所深川に仮宅を探すことになる。

「番方、花蕾《はなつぼみ》の行方《ゆきがた》、未《いま》だ知れませぬか」

幹次郎は師走の風に曝《さら》される船上で仙右衛門に訊《き》いた。

吉原から火が出たとき、廓内の火消しによって消火が行われる。むろんいろは四十七組の町火消しも出動するが、その折り、大門《おおもん》前の五十間道《ごじっけんみち》に先着の五組が屋根の上に纏《まとい》を横に寝かせて待機する。六組以下は屋根に上がることも許されない。これが習わしだ。

小火《ぼや》で消し止められないと判断されたとき、廓内の火消しは一転、吉原全域を、「焼き払う」手段を巡らす。焼け残りになった妓楼にはお上から仮宅営業の許しが出ないゆえだ。

こたびの火事もまた吉原全域を焼尽《しょうじん》した。

あの夜の混乱の中で客は馴染の遊女の手を引き、大門外に逃れたり、遊女自ら外に出て客の家に身を寄せたりした。これもまた吉原の不文律《ふぶんりつ》のひとつだ。吉原焼尽のあと、三日にかぎり楼主《ろうしゅ》に断わりがなくとも遊女は勝手に過ごすことができた。また楼主はこれを咎《とが》めない習わしがあった。

ゆえによからぬ考えの八つぁん熊さんは吉原が火事と聞くと混乱に乗じて大門から入り込み、馴染の遊女を助け出す体《てい》で連れ去り、三日をかぎりに遊女と気儘《きまま》に暮らしたという。

だが、三日を過ぎても楼主に連絡がないとき、楼主はあらゆる手段を講じて逃亡した遊女の行方を追い、もし見つければ連れ戻すことになる。

そのとき、罪として年季が何年も増やされる。

十一月九日未明もまたかなりの数の遊女が吉原の呪縛《じゅばく》から一時逃れて姿を消した。だが、三日後の宵までには大半が連絡をつけてきたり、自ら楼主の元へ戻ったりした。それでも十人ほどが行方を絶っていた。そんな十人のうち、揚屋町《あげやちょう》の半籬《はんまがき》（中見世《ちゅうみせ》）三扇楼《さんせんろう》の稼ぎ頭《がしら》の花蕾が未だ姿を消したままだった。

「へえっ、三扇楼の秋左衛門《しゅうざえもん》さんがあの火事で怪我《けが》をしたり、番頭が火に巻かれて亡くなったりと不運が重なったことがございましてね、会所に知らせてきたのが火事から十日も過ぎていた。それで花蕾太夫の行方探索が後手に回った」

「花蕾の馴染客は当然調べられましたな」

「振袖新造《ふりそでしんぞう》から太夫と呼ばれるようになって二年、遊女としては一番脂《あぶら》が乗り切ったときでしたよ。この花蕾には馴染の中でもぞっこんだった三人の上客がおりました」

「ほう」

「下谷黒門町《くろもんちょう》の宮大工《みやだいく》の若棟梁《わかとうりょう》香太郎《こうたろう》、石町《こくちょう》の大店《おおだな》両替商《りょうがえしょう》伊勢屋《いせや》の番頭中蔵《なかぞう》、それに直参旗本《じきさんはたもと》六百七十石神村小平次《こくかみむらこへいじ》にございますよ。花蕾がこの三人を憎《にく》からず思うていたことは朋輩《ほうばい》女郎の話で知れている。だが、この三人のところにはあの火事のあと、花蕾は姿を見せておりません」

風が出たようで会所の船が上下にがぶり、水飛沫《みずしぶき》が幹次郎らの体に降りかかった。船頭《せんどう》の櫓《ろ》に若い衆が手を添え、一丁櫓《いっちょうろ》にふたりがかりとなった。

「むろん、三人の話を鵜呑《うの》みにしたわけじゃあござんせん。三扇楼としても米櫃《こめびつ》だ。秋左衛門さんが必死で七代目に頼まれたこともあり、うちでも三人の動静には気を配っております。だが、三人のところには今のところ花蕾の影もかたちもねえ。それればかりか、三人してなぜうちを頼ってこなかったかとがっかりしている有様《ありさま》でしてね」

「三人の他に頼る馴染がいたということであろうか」

「そこなんですがね、いたとも思えないんですよ」

仙右衛門もほとほと困ったという顔をした。

「花蕾の在所《ざいしょ》はどこです」

「武州秩父《ぶしゅうちちぶ》近くの名栗村《なぐりむら》でございますよ」

「当然そちらにも」

「秋左衛門さんの倅《せがれ》の冬丸《ふゆまる》さんが見に行きました。だが、在所の実家では吉原が火事で燃えたということすら知らなかったそうです。お袋《ふくろ》なんぞは娘が火事で焼け死んだんじゃないかと泣き崩れたそうで、どうも在所に戻った様子もないそうなんで」

「たしか花蕾は大門の外に逃れたんでしたな」

「同輩の橘《たちばな》と手に手を取って五十間道の旅人井戸まで逃れたのは分かっている。そこで人込みに紛《まぎ》れてふたりは別れ別れになっています」

「客の他、江戸に親類縁者はいないのですね」

「十で吉原に入り、十二年ですが、吉原の外はほとんど右も左も知りますまいし、親類縁者も知り合いもいませんので。また、どちらかというと気位の高い花魁で人との付き合いは得意ではなかったというのが三扇楼の話です」

「三扇楼は主が怪我をして番頭が火事で亡くなった上に稼ぎ頭のお職《しょく》まで失うことになりそうですね」

「三扇楼は仮宅から抜け出るのは厳しゅうございますな。なにしろ主の怪我と番頭の不運で浅草界隈に仮宅を押さえるのが遅れた。本所の新辻橋際《しんつじばしぎわ》にようやく見世を構えることができたのがつい最近のことですからな」

御用船はようやく大川から竪川《たてかわ》に入り、船頭がほっと安堵《あんど》した様子が窺《うかが》えた。

「神守様、話のついでだ。三扇楼の仮宅を覗《のぞ》いてみますか」

と番方が船頭に行き先を告げた。

船は一ツ目之橋《ひとつめのはし》から二ツ目、三ツ目之橋を潜《くぐ》り、横川《よこかわ》との合流部に近づいた。

夜廻りの打つ拍子木《ひょうしぎ》の音が風に流れて聞こえてきた。

「なんだか、急に寒さが増しましたねえ」

「師走ですからな」

「いつもなら師走と聞いただけで浮き浮きと気持ちが浮き立つんだが、廓がねえのはなんとも、胸ん中を空《から》っ風《かぜ》が吹き抜けるようで寂しゅうございますよ」

と吉原育ちの仙右衛門がしみじみと言った。

「大方の妓楼の主は仮宅商いを喜んでおられるようだが、会所は大変でございますな」

仮宅だろうとなんだろうと、官許の遊里吉原は町奉行所によって監督されていた。吉原が焼失して町中に散ったせいで直接に監督する隠密廻りに定町廻《じょうまちまわ》り、臨時廻《りんじまわ》りが加わり差配された。ただし、実際に浅草、神田《かんだ》、本所深川と散った妓楼を見廻り、問題が生じていないか調べるのは吉原会所の面々だ。

船は新辻橋の船着場に到着した。

横川沿いに屋台店が並び、赤い灯《ひ》を水面に映していた。

北にある長崎橋《ながさきばし》の方角から寒風が吹いてきて横川に舫《もや》われた荷船が互いに船体をぶつけ合い、寒々とした音を立てた。

宗吉が吉原会所と書かれた提灯《ちょうちん》を点《とも》して仙右衛門、幹次郎らを先導した。

三扇楼の仮宅は柳原《やなぎわら》一丁目の裏手の旅籠《はたご》を借り受け、手を加えたものだった。江戸と上方《かみがた》を往来する船の荷を扱う商人や船頭が泊まる旅籠で、遊女屋にするには不向きだった。それを遊女が客を迎えるに恥ずかしくない程度の造作《ぞうさく》を加え、表に花色暖簾《のれん》、鬼《おに》提灯を配し、張見世を設《もう》けてなんとなく遊女屋の雰囲気を醸《かも》し出していた。だが、万灯《まんどう》の灯《あか》りに映える仲之町《なかのちょう》もなければ花魁道中も七軒《しちけん》茶屋の華やかさもない。さらに花蕾の姿が消えて、なんとなく素見《ひやかし》の客も遊女も寒々とした感じで格子《こうし》越しにぼそぼそと話をしていた。

突然、切迫した声が表口の中から響いた。三扇楼の男衆《おとこし》の声のようだ。

「困ります、お客人。仮宅商いでございますよ、ツケはありませんよ」

「おい、こちとら、この本所で長年看板を上げてきた亀戸《かめいど》の寅蔵《とらぞう》一家だぜ。今宵は挨拶にな、親分自ら乗り込んで景気をつけようという有難《ありがた》い思《おぼ》し召《め》しだ。なんだ、すべた女郎を侍《はべ》らせて銭《ぜに》を取るだと。いいか、男衆、こたびは仮宅五百日、お互い持ちつ持たれつの付き合いになるんだぜ。今晩は気持ちよく遊ばせておれっちを帰しねえ」

「代貸《だいがし》、二刻半（五時間）も好き放題に飲み食いされて女郎を弄《もてあそ》ばれてただはないでしょう」

「これほど事を分けて話しても分からねえか」

という怒声《どせい》のあとに、

ばちん

と頬《ほお》べたでも叩《たた》いたような音がして、花色暖簾の向こうから三扇楼の男衆が転がり出てきた。そして、そのあとから亀戸寅蔵一家と法被《はっぴ》の襟《えり》に染め抜いた男たちがぞろぞろと姿を見せて、格子にへばりついていた素見連が、さっと逃げた。

縞《しま》の羽織に太い羽織紐《ひも》を結んだ親分が、用心棒か、ふたりの浪人を従えて悠然《ゆうぜん》と現われた。

「親分、阿漕《あこぎ》だ」

と見世の前に転がった男衆が叫び、

「なにを、大人《おとな》しくしていれば図に乗りやがって」

親分が下駄を履《は》いた足で男衆の額《ひたい》を蹴《け》った。

「あ、いたた」

男衆の額から血が噴き出した。

「行くぞ」

と親分が子分どもに命じて新辻橋の河岸道《かしみち》へと向かおうとした。

その前に仙右衛門が静かに立ち塞《ふさ》がった。

「なんだ、てめえは」

「寅蔵か」

「なんだと」

「会所の長半纏《ながばんてん》が目に入らねえか」

寅蔵の前に代貸が出てきて叫んだ。

「どけ！」

「どいてもよいがその前に忘れ物を支払っていきねえ」

「吉原会所だと威張っていられるのは鉄漿溝に囲まれている廓内だけだ。ここは本所なんだぜ、こちとらの縄張り内だ。そいつを忘れるんじゃねえ」

「兄《あに》い、どきな」

と平静な声音《こわね》で命じた仙右衛門が、

「寅蔵、よく聞くんだ。吉原が火事で消えようと仮宅商いだろうと、

「吉原の妓楼を守るのは七代目の四郎兵衛様の会所だ。これから五百日、肝に銘《めい》じておくことだ」

「寅蔵寅蔵とうちの親分を呼び捨てにしやがったな！」

と叫んだ代貸が仙右衛門の胸倉を摑《つか》もうと片手を突き出した。

その手を素早く払った仙右衛門の電光石火の拳《こぶし》が代貸の顔面を襲った。すると腰砕けに尻餅《しりもち》をついて転がった。

「やりやがったな」

子分どもが懐《ふところ》に隠し持った匕首《あいくち》を抜き放った。

宗吉が仙右衛門を守ろうと提灯を持った恰好で前に出た。

「宗吉どの、ここはそれがしに」

と幹次郎がふたりの前に立った。

「なんだ、てめえは」

「吉原会所に世話になる者でな。そのほうのような理不尽《りふじん》な客を懲《こ》らしめるのが

それがしの役目だ」

あっ！

と地面に尻餅をついていた代貸が、

「こやつ、吉原の裏同心だぜ、親分」

と叫んだ。

「裏か表か知らねえが、先生方の出番のようだ」

と見苦しくも月代《さかやき》に毛が生えた浪人らを振り返った。ひとりは赤樫《あかがし》の木刀を肩に担《かつ》いで口の端に黒文字《くろもじ》を咥《くわ》えていた。

「ぺえっ」

と黒文字を吐き捨てた浪人が、肩に担いだ木刀をいきなり幹次郎の額に片手殴りに叩きつけるように踏み込んできた。

幹次郎が長身の肩を丸めて相手の懐に飛び込み、木刀を摑んだ腕を下から持ち上げるともう一方の手で逆手《さかて》にねじり上げて投げ飛ばしていた。虚空《こくう》を舞った相手が勢いよく地面に転がった。

「おのれ」

もうひとりの仲間が足場を固めて剣を抜いた。

幹次郎の手にはひとり目の相手から奪い取った赤樫の木刀があった。

張見世の女郎衆が格子窓に張りつき、

「汀女《ていじょ》先生の旦那ですよ」

「先夜の火事で薄墨《うすずみ》太夫を助け出したお侍《さむらい》だよ」

とありんす言葉も忘れて言い合った。

「糞《くそ》っ、油断した」

ひとり目の浪人が背の痛みを堪《こら》えて立ち上がるとこちらも刀を抜いた。

「張見世の前でちと無粋《ぶすい》じゃが、老師直伝《じきでん》の暴れ剣法を遣いとうなった」

幹次郎が赤樫の木刀を立てた。

薩摩示現流《さつまじげんりゅう》の構えだ。

豊後岡《ぶんごおか》藩の下士《かし》であった神守幹次郎に剣術の師はいない。独《ひと》り河原で独創《どくそう》する幹次郎の前に旅の老武芸者が現われ、薩摩示現流を教えて去った。その人物が師といえばただ独りの師であった。

臍下丹田《せいかたんでん》に力を溜めた。

相手との間合は一間（約一・八メートル）とない。木刀での薩摩示現流の激しい動きを展開するにはなんとも狭い場所だった。

幹次郎は攻撃的な示現流をこの限られた空間で遣うつもりだった。
浪人ふたりの両目が細められ、八双《はっそう》と逆八双に構えられた刀の切っ先が、
ぴくぴく
と動いた。
その瞬間、
けええっ
という本所の夜を震わす気合が、
びりびり
響き渡った。
格子窓の遊女ばかりか素見の客まで縮み上がるほどの気合だった。
ふたりが突っ込んできた。
ふわり
幹次郎の長身がその場で高々と跳躍《ちょうやく》し、
ちぇーすと！
と薩摩示現流特有の気の声が続いて響き、赤樫の木刀が虚空から振り下ろされた。それはふたりの浪人が想像だにしなかったほど重厚にして迅速《じんそく》な動きで、ひ

とり目の浪人の刀をへし折ると肩口を木刀が叩き、その場に押し潰《つぶ》した。さらに地面に降り立った瞬間には今一度木刀が振り上げられ振り下ろされて、ふたり目の肩口が、

ぐしゃっ

と不気味な音を響かせた。

勝負は一瞬にして決した。

ふたりの浪人が赤い灯りが散った三扇楼の見世先に転がって悶絶《もんぜつ》していた。

「親分、ふたりを医師の元へ運ばれよ。怪我が治ったとて、もはや用心棒は務められまい」

と幹次郎が静かに宣告する傍《かたわ》らから仙右衛門が、

「寅蔵、その前に遊興のお代を払ってもらおうか」

と手を差し出した。

「それとも神守先生の木刀を食らうかえ」

「は、払う。払えば文句はあるめえ」

と懐から巾着《きんちゃく》を出した。その巾着を摑み、

「おや、寅蔵親分、稼ぎがよいとみえるな」

と重さを掌《てのひら》で量った仙右衛門が紐を解《ほど》き、数えもせず小判《こばん》を十数枚ほど抜くと巾着を寅蔵の足元に投げた。

幹次郎が木刀を投げ捨て、寅蔵が巾着を慌てて拾い上げて一場の騒ぎに幕が下りた。

二

帳場《ちょうば》は階段下のせいぜい四畳ほどの板の間だった。そこに一枚畳を敷き、寝床を延べて三扇楼の主の秋左衛門が左足を投げ出して座り、番方の仙右衛門と幹次郎に両手を合わせて、

「番方、神守さん、助かった。地獄に仏だよ。亀戸の寅蔵一家の言いなりになったら、三扇楼は潰れましたよ。そうじゃなくたって怪我《あが》はする、番頭は亡くなる、花蕾は足抜《あしぬき》する。災難のてんこもりだ。どうもこうも足掻きがつかないや」

と言いながら、

「ナンマイダナンマイダ」

とふたりを拝《おが》んだ。

それでも客商売だ。新しい神棚と仏壇が置かれ、鷲《おおとり》神社の酉《とり》の市《いち》で購《あがな》った大《おお》熊手《くまで》が飾られていた。

秋左衛門の枕元には寅蔵の財布から仙右衛門が遊び代として抜き取った十二両の小判が置かれていた。

「秋左衛門さん、わっしら、仏になった覚えはねえぜ。拝むのはやめてくんな。それより火傷《やけど》はどんな具合ですね」

秋左衛門の左足にはさらし木綿《もめん》がぐるぐる巻きにしてあった。先の火事で楼から逃れるときに転び、身動きがつかなくなったところに長火鉢《ながひばち》にかかっていた鉄瓶の熱湯が降り注いで左足の太股《ふともも》と顔の一部に火傷を負ったのだ。

「顔はこの通りなんとか瘡蓋《かさぶた》ができて治ったがな、足がいけねえや。ぐずぐずに傷口が膿《う》んで治りが遅い。ついてねえときは諸々と重なるものだねえ」

「そう嘆いてばかりいても却《かえ》って体に悪い。少し気持ちを大らかに持ってさ、師走を乗り切りなせえ。そうすれば新玉《あらたま》の年も来る」

「来るかねえ」

「季節ばかりはどんな者にも等しく巡ってくるもんだぜ、秋左衛門さん」

女将《おかみ》のおしげが狭い帳場の入り口から腰を屈《かが》めるようにして入ってきた。盆にはふたつ茶碗が載せられていた。

「なにが悪いって、うちの人が愚痴《ぐち》ばかり言うもんだから、女郎も気がくさくさしてそれがつい顔に表われる。となると客も景気が悪いってんで余所《よそ》に行く。ものは悪いほうに、順繰りに転がっていくんですよ。旦那がしっかりとしてくれないとね、立ち直るものも立ち直れないと言い聞かせるんですがね」

おしげがふたりの前に茶碗を差し出した。

「こんな晩だ、見廻りも寒うござんしょ。茶よりはこちらと思ったんですよ。番方、一杯呑んでいっておくれな」

茶碗の中身は酒のようだ。

「神守様、折角《せっかく》の女将さんの心遣いだ、頂戴《ちょうだい》しましょうかえ」

「それにしても久しぶりに胸がすく気持ちでしたよ。汀女先生の旦那はお強いね」

とおしげが幹次郎を惚れ惚《ほぼ》れと見つめた。

「女将さん、見ていたか」

「張見世の女が騒ぐものだから、つい私も顔を出したらさ、神守の旦那が夜空に飛び上がった天狗《てんぐ》様みたいに舞い降りてきてさ、あっという間にふたりの浪人者を叩きのめしなすった。わたしゃ、火事以来こんなすっきりとしたことはないよ。女郎どももさ、さすが、薄墨太夫を火事場から救い出された神守様と、大騒ぎですよ」

「女将さん、本所界隈の半端者《はんぱもの》相手に神守様の腕は勿体《もったい》ねえ。まあ、景気づけに声を張り上げなすっただけだよ」

仙右衛門が幹次郎の代わりに自慢した。

「なんとも、腹の底に溜まった鬱々《うつうつ》したもんがどこかへ吹っ飛んでいったよ」

「薩摩お家流の剣法の気合だ。貧乏神だって飛んで逃げますぜ」

と仙右衛門が茶碗を取り上げた。

「三浦屋《みうらや》の薄墨太夫は火傷ひとつ負わなかったそうだな」

「秋左衛門さん、神守様が命を張って救い出されたからね、三浦屋さんでは神守様は神様仏様ですよ」

「だろうな。そこへいくとうちの花蕾め、恩人の顔に後ろ足で泥をかけて足抜しやがったよ。性質《たち》が悪いってこれ以上の恩知らずはいませんよ」

と秋左衛門の嘆きはそこへ戻った。

「頂戴致す」

幹次郎も茶碗を取り上げ、嘗《な》めるように呑んだ。

「おや、神様仏様の到来のせいか表が賑《にぎ》やかになったよ」

おしげは慌てて帳場から出ていった。

狭い帳場はふたたび男三人だけになった。

「番方、花蕾の行方は知れねえか」

三扇楼が新しく普請《ふしん》した楼に戻るとしたら、花蕾は絶対に必要な遊女であり、花蕾なくして三扇楼の再建もなかった。

「わっしらもあちらこちらと声をかけているが、なんとも手がかりがねえ。倅の冬丸さんは花蕾の在所の名栗村に飛んだんだったな」

「生まれ在所に戻ってねえのはたしかなようだ。残るは江戸だが、それも大門内しか知らない女が生きていくとしたら、客のだれかの手助けがなければならないことはたしかなんだがな」

と秋左衛門は首を捻《ひね》り、捻ったついでに懐に片手を突っ込んでがさごそと紙片を取り出した。

「暇に飽かして花蕾の馴染と一晩かぎりの相手をおしげの記憶も借りて書き出した。都合十七、八人まではなんとか思い出した。番方、こいつをおまえさんに預けよう。会所も忙しいだろうが調べてくれめえか。人手がいるんなら冬丸を会所に送り込む」

「預かりましょう、秋左衛門さん」

仙右衛門と幹次郎は、茶碗に残った酒をくいっと呑み干し、

「いいですかえ、大将がうじうじしていたんじゃあ、家来の景気も上がらないのが道理だ。ここは大将が気をしっかり持ってさ、作り笑いでも嘘笑いでもいいや、顔に陽気を浮かべるときですぜ。さすれば七福神もやってこようというもんじゃないか」

「番方、せいぜいそうしようか」

と秋左衛門が頷《うなず》いた。

ふたりは表口で登楼する客とすれ違った。職人の親方と遊び人を思わせるふたり連れが二階への狭い階段を上がるところだった。

「番方、本所まで見廻りかえ」

職人の親方が仙右衛門の顔を見て照れたように笑った。

「おや、聖天町《しょうでんちょう》の親方、せいぜい三扇楼さんに景気をつけておくんなせえ」

と吉原会所の番方が応じた。

階段の途中に足を止めた着流しの男は片手を懐に突っ込んでいた。頰が殺《そ》げた男の年のころは二十七、八か。どことなく油断のならない相手だった。

ふたりは表に出た。すると三扇楼の倅の冬丸が会所の若い衆らと談笑していた。

「番方、神守様、助かりました。神守様が寅蔵の用心棒を叩きのめしてくれたってねえ。遊び代も番方がふんだくってくれたって聞いて、正直ほっとしましたよ。仮宅は客が押しかけるというが場所が悪いや、今ひとつ入りが悪いんで青息吐息《あおいきといき》だ」

「親父様にも言ったが、ここは踏ん張りどきだ。悪い次にはいいことが舞い込む」

「そうあればいいが」

「冬丸さん、武州の名栗村に乗り込んだってねえ」

「稼ぎ頭が火事騒ぎを利用して足抜したのはうちだけだぜ。花蕾の年季だって五、六年は残っているし、未だうちは儲《もう》けになってませんよ」

「花蕾は様子がよかったから身売りの金子《きんす》もなかなかの額でしたでしょうな」

「女衒《ぜげん》の丑松《うしまつ》から買った娘です、あいつは娘を見る目が鋭《するど》いってんで高いんですよ。その代金の八十五両に新造になって衣装や夜具《やぐ》の費用を加えて借財は都合百九十両ほど残ってましたよ。この二、三年が稼ぎどきだったのによ」

と冬丸が半ば諦《あきら》めた口調で言った。

「名栗村に戻った様子はなかったんだね」

「番方、おれも必死だ。親の言うことを鵜呑みにしたわけじゃないが、花蕾だって馬鹿じゃねえ。在所に手が伸びるのは見越しての足抜だ。まず避けようじゃないか」

「親父どのから花蕾の客の名を記した書付をもらった。うちでも探索を心がけておく」

「番方、親父が書き出した紙っきれに名がねえ野郎で気にかかる者を思い出したところだ」

「客かえ、冬丸さん」

「いや、うちに一度として上がったことはありませんのさ。若い手代《てだい》風の男でねえ、張見世の格子にも近づかねえ。仲之町《なかのちょう》張《ば》りなんかで、離れた人込みの背後から、じいっと花蕾の様子を見ているだけだ。おれが最初に気づいたのは春先かねえ、それから三度ほど見かけた。そいつはさ、いつも両の袖口を手首のところまで伸ばすような着物の着方でね、変な野郎だったな」

「花蕾もその手代風の男を承知かな」

「二度目に見かけたあと、花蕾に尋《たず》ねたことがある。だが、花蕾はわちきは気がつきませんでしたと首を横に振りやがった」

「虚言《きょげん》を弄《ろう》した感じかな」

「いや、真実知らない様子でした。第一、売れっ子の女郎にはそんな奇妙な素見が何人もついているもんですからね」

頷いた仙右衛門が、

「冬丸さん、なんぞ気づいたことがあれば、吉原会所は山谷堀《さんやぼり》の船宿《ふなやど》牡丹屋《ぼたんや》に仮宿だ」

船宿牡丹屋は吉原会所の息のかかった船宿で、会所になんぞあれば牡丹屋に引っ越しするのが習わしだ。

「あいよ」

と若旦那の冬丸が返答した。

「若旦那、ひとつだけ訊きたい。花蕾の本名はなんと申すな」

「おようでさあ、神守様」

「相分かった」

仙右衛門の一行はその足で北辻橋《きたつじばし》を徒歩《かち》で渡り、本所長崎町《ながさきちょう》の茶屋を仮宅に改装した京町《きょうまち》二丁目の小見世の華栄《かえい》を訪ねた。こちらは小体《こてい》の構えだが、表口に抱え女郎の名札がずらずらと掛かり、さらには本所、深川に散って仮宅商売する楼の名と場所が墨書《すみがき》された紙が軒先《のきさき》に張り出されていた。また張見世の格子に男たちが群《むら》がり、女郎とひそひそと話を交わしたり、中から吸い付けの煙管《キセル》が差し出されたりと三扇楼よりも随分と景気がよかった。

小見世だから遊び代も手頃なのであろう。

裏の勝手口から台《だい》の物《もの》を頭に載せて運ぶ男衆も忙しそうだ。

「紋造《もんぞう》さん、千客万来《せんきゃくばんらい》、賑やかでなによりですね」

と華栄の番頭の姿を見つけた番方が声をかけた。

「ご苦労さん、見廻りですか。おや、吉原の守り神もご一緒ですね」

紋造は客が多いだけに満面の笑みを浮かべて、幹次郎にまでおべんちゃらを言った。

「紋造さん、なんぞ差し障りはないかな」

「番方、亀戸の寅だか熊だかって一家がみかじめ料だってせびりに来たくらいですよ」

「払いなさったか」

「一年半ばかり世話になる土地《ところ》の親分と揉《も》めることもないからね」

「紋造さん、悪い了見《りようけん》ですよ。今度姿を見せたら神守幹次郎様を差し向けると会所から達しがあったと答えてくださいな」

「神守様の名でご利益《りやく》がありますか」

「ありますとも、紋造さん」

と仙右衛門が三扇楼での亀戸の寅蔵一家の狼藉《ろうぜき》と用心棒ふたりが幹次郎に打ちのめされた経緯を告げた。

「ほう、用心棒侍は使いものにならなくなりましたか」

「紋造さん、あやつらは最初が肝心です。一度味を占《し》めるととことんしゃぶり尽くされますよ」

と注意した。

「分かった、番方。戸口に吉原会所裏同心神守幹次郎様お見廻りと会所の書いた木札を掲げておきますよ」

「それがいい」

一行は新辻橋に泊《と》めた船に戻り、本所から深川仲町《なかちよう》の櫓下《やぐらした》に向かった。

仙右衛門一行が本所深川の見廻りを終えて夜の大川を渡ったのは四つ半（午後十一時）過ぎのことだった。

水上はさらに寒さが募《つの》り、筑波山《つくばさん》の方角に小さく冬の稲妻《いなずま》が光っていた。

「汀女先生はお暇にございましょうな」

と仙右衛門が言い出したのは御厩河岸《おんまやがし》ノ渡《わた》しを突っ切った辺りだ。

神守汀女は吉原で遊女たちに読み書きから習字、文《ふみ》の書き方、和歌俳句、花道香道などを教えていた。だが、吉原が灰燼《かいじん》に帰《き》した今、汀女の教える場も消え失《う》せて、

「職」

を失っていた。

「いえ、それが薄墨太夫から使いをもらい、太夫のいる三浦屋の仮宅を使って手習い塾を再開することになったそうです」

「それは知らなかった」

と答えた仙右衛門が船頭に、

「おい、竹町《たけちょう》ノ渡し場に船を着けておくれ。神守様とふたりだけで東仲町《ひがしなかちょう》を見廻って徒歩で戻るよ」

と声をかけた。

薄墨太夫は当代きっての花魁で三浦屋の抱えだ。先の火事騒ぎの最中、賊《ぞく》の七《しち》縣堂骨鋒《けんどうこつぽう》らの人質になった薄墨花魁を炎の中から救け出したのは幹次郎だ。また薄墨は汀女の主宰《しゅさい》する手習い塾の代教《だいきょう》格で夫婦ともに親しい間柄だ。

「散り散りになった仮宅のときこそ、女郎たちが集まる場所が要《い》りましょう。東仲町の水茶屋二軒を即座に押さえられた三浦屋さんなら手習い塾に適した座敷もございましょうからな」

船が竹町ノ渡し場に横着けされた。

「番方、提灯持ちでご一緒致します」

と宗吉が言い出した。

「いいだろう」

と番方が許した。

三人を船着場に残した会所の船が山谷堀の合流部へと上がっていった。船を見送った仙右衛門らは河岸地《かしち》から浅草材木町《ざいもくちょう》の細く延びる町屋《まちや》を抜けて御蔵前通《おくらまえどお》りに出た。大通りだけに筑波颪《おろし》が吹き抜けて月明かりに土埃《つちぼこり》を舞い上がらせているのが見えた。

風の合間に三人は通りを横切った。

通りを横断する間、幹次郎はだれかに見られているような感触を得た。宗吉が、

「吉原会所」

と書かれた高張《たかば》り提灯を掲げているだけに、三人の正体を知ろうと思えば直《す》ぐに分かるはずだ。

三人は浅草並木町《なみきちょう》から東仲町へと向かった。

三浦屋が水茶屋二軒を借り切った東仲町は浅草寺《せんそうじ》雷御門《かみなりごもん》の真ん前、最高の地の利を得ての仮宅商いといえる。

「さすが三浦屋さんですね、よい場所にさほど手を入れずに済む水茶屋を二軒続きで借り受けられましたな」

「神守様、これには裏がございますので。あの二軒の水茶屋は三浦屋四郎左衛門《しろうざえもん》様が親類筋にやらせている店《たな》でしてな、このようなときに即座に対応できるように用意されているものですよ」

「さすがに歴代の高尾《たかお》太夫を始め、名妓《めいぎ》を輩出《はいしゅつ》された三浦屋様でございますな」

吉原でも筆頭の大籬三浦屋が仮宅商いする灯りが二丁（約二百二十メートル）も先に見えてきた。さすがにまさかの際に用意されてきた水茶屋だ、吉原と見ま

がうばかりの華やかさだ。

路地を北風が吹き抜けた。

宗吉が持つ提灯の灯りが消えそうになった。

一瞬三人の周りが暗くなった。

幹次郎は黒い旋風《つむじかぜ》が横手から吹き抜けるのを感じた。その風が提灯の灯りを庇《かば》う宗吉を襲おうとした。

幹次郎が宗吉の背に体当たりすると突き飛ばした。黒い風から匕首が突き出され、それが幹次郎の背を掠《かす》めて通り抜けた。

「何者だ！」

仙右衛門の誰何《すいか》の声が響いた。

旋風が立ち止まった。

着流しの男だった。小太りの体と顔をしていたが、危険極まりないことはその迅速な動きと刃の遣い方で知れた。

「吉原会所にちょいと恨《うら》みがあってな」

構えた匕首を懐に、
ぱちん

と音を立てて納めた男が、

「今晩は挨拶と心得てもらおう」

「なにをする気だ」

「仮宅の間、せいぜい気をつけな」

そう言い残した相手が、
ふわっ
と闇に溶け込むように姿を消した。

「宗吉、大丈夫か」

宗吉はまだ路地の地べたに転がっていた。手から飛んだ提灯が燃え尽きようとしていた。

「なにが起こったのか、さっぱり」

「神守様に突き飛ばされてなければ、今ごろ三途《さんず》の川を渡っているぜ」

仙右衛門の言葉に宗吉が首を竦《すく》めた。

三

水茶屋二軒を繋《つな》いで大門に見立てた門に三浦屋仮宅と看板が上がっていた。敷地は三方を黒板塀に囲まれていたが、東仲町の南北に抜ける十数間（約二、三十メートル）は門を挟んで左右に張見世ができて、灯りが煌々《こうこう》と点っていた。

だが、刻限が刻限だ。茶を挽《ひ》いた暇な遊女はいないとみえて、格子の中に大ぶりの備前焼《びぜんやき》の空《から》の花壺《はなつぼ》が置かれてあるばかりだ。

「女郎花《おみなえし》はすべて売り切れました」

という意であろうか。

「三浦屋さんも盛業のようです。山谷堀に戻りますかえ」

と空の花壺に目を留めた番方の仙右衛門が幹次郎に今晩の夜廻りの終わりを告げた。すると張見世に清新な風が吹き抜けた。なんぞ忘れ物でもしたか、ひとりの花魁が姿を見せ、見廻りの気配に格子の外に視線をやった。半身に振り向いた姿はなんとも楚々《そそ》とした風情で張見世の中に大輪の花があでやかに咲いたようだった。

今をときめく吉原の華、薄墨太夫だ。

太夫の目がわずかに細められ、幹次郎を見た。

「太夫独りがお茶を挽いたとも思えないが、この刻限にどうしなさった」

「今宵の客はお旗本にございました」

直参旗本の外泊は禁じられていた。屋敷に不在では火急《かきゅう》の際に間に合わないからだ。格別の御用にも直参旗本を監督する御目付《おめつけ》に願い状を出さねば許されなかった。いくら綱紀《こうき》が緩《ゆる》んだ天明期とはいえ、遊びのために外泊との願い状が出せるわけもない。ゆえに、

「武家の遊びは昼遊び」

とおよそ決まっていたものだ。

薄墨太夫の客は九つ（午前零時）を前に屋敷に戻ったということであろうか。

「ちょうどよい折りでした。命の恩人の神守様、お礼もちゃんと申し上げておりませぬ。番方、神守様に一服茶を召し上がってもらいとう存じます、ようございますね」

と薄墨が断わった。

「太夫、それがしは務めでしたことにござる。改めて礼などご無用に願おう」

「汀女先生にもお断わり申し上げてございます」

薄墨の言葉遣いは里言葉ではなかった。それだけに断わり難《にく》い。

「神守様、ちょいとお邪魔していきましょうかえ」

と仙右衛門が言い、薄墨が表口へお通りくださいと言い残して姿を消した。

「宗吉、先に帰り、ちょいと三浦屋さんに立ち寄ると七代目に報告してくれ」

と仙右衛門が宗吉に命じ、畏《かしこ》まった若い衆がひとり山谷堀の船宿へと戻っていった。

ふたりは切石が敷かれた道を進んだ。花色暖簾が掛かった表口から入ると、正面の板の間の床《とこ》に黄色の水仙《すいせん》が活《い》けてあった。

しばらく待たされたあと、禿《かむろ》がふたりの前に姿を見せた。

「神守幹次郎様、仙右衛門様、ご案内いたしんす」

と語尾を引くような甲高《かんだか》い声で禿がふたりを誘《いざな》った。

幹次郎らは見目のよい娘に案内されて廊下を幾曲がりか曲がり、中庭に出た。

すると築庭《ちくてい》の一角に茶室があっておぼろな灯りが点っていた。

薄墨は幹次郎らを茶室に案内しようとしていた。

「太夫、神守幹次郎様方を案内して参りんした」

「ご苦労にござんした」

ふたりはにじり口の前で身嗜《みだしな》みを整え、

「御免を蒙《こうむ》ります」

幹次郎から潜った。すると茶釜《ちゃがま》の前に薄墨が、そして、茶室にもうひとり、三浦屋の主の四郎左衛門がいた。

「これは四郎左衛門様までお出《い》でとは」

あとから茶室に入った仙右衛門が恐縮の体《てい》で言った。

幹次郎は寒紅梅《かんこうばい》が活けられた茶室の佇《たたず》まいを眺めた。凛《りん》とした雰囲気が漂っていた。

吉原二万余坪と限られた土地に大見世から切見世《きりみせ》(局見世《つぼね》)まで何百軒もの楼が集まって、遊女三千を誇り、それを支える住人たちがまた遊女の何倍も住んでいた。大楼とはいえ茶室を設ける土地の余裕はない。その点、仮宅では遊女たちも束《つか》の間《ま》の勝手気ままを享受《きょうじゅ》でき、三浦屋ほどの大籬の仮宅ともなれば庭に茶室まであるところで営業ができた。

寒紅梅の周りには凛然《りんぜん》とした高貴と一緒に仮宅の気軽さが漂っているように思えた。

「神守様、太夫からそなたらの見廻りを聞いて、ちょうどよい折り、私も礼を申し上げたく顔を出しました」

「四郎左衛門どの、太夫にも申し上げたが、それがしは吉原のために働くのが務めにござる。格別、礼を言われることもございませぬ」

「神守様、それはお手前様の理屈にございましょう。三浦屋にとってどれほど薄墨太夫が大事な身かお考えではない。太夫は三浦屋の稼ぎ頭のみならず吉原の華にございます。あの火事で薄墨を失っていたとしたら、私どもはこのように仮宅を構えるどころか、悲しみに打ちひしがれておりましたでしょう。神守様、私はねえ、あの火炎の中からあなた様が薄墨を負《お》ぶい、姿を現わされたときには叫ぶこともできず、ただ滂沱《ぼうだ》の涙が流れ出てものを言うこともできず、神守様に向かい思わず合掌《がっしょう》しておりましたぞ」

「四郎左衛門どの、勿体ないお言葉にございます」

薄墨が鮮《あざ》やかな所作で点前《てまえ》を見せ、幹次郎の前に差し出した。

「作法を知らぬ武骨者《ぶこつもの》にございます。粗相《そそう》あらばお許しくだされ」

と応じた幹次郎は薄墨の点前した一服《いっぷく》をゆったりとした動作を心がけ、喫《きっ》した。

「太夫、結構な御点前にございました」

幹次郎の言葉に薄墨が艶《えん》を湛《たた》えた笑みで応じ、

「薄墨、生涯一度の仲之町炎《ほのお》の舞《まい》道中にございました。あの折り、あの道行《みちゆき》がいつまでも続く運命《さだめ》ならばどれほど幸せであったことか」

「太夫、言わぬが花ですよ」

「主様《ぬしさま》、男と女の虚言のやりとり、遊び心、粋と心得、見栄と張りにたっぷりと首まで浸《つ》かって生きてきた薄墨にございます。ですが、ときには本心を漏らしたいこともございます」

「神守様も吉原会所の裏同心、ちゃんと心得ておられますよ」

四郎左衛門が薄墨に応じ、語調を変えて、

「神守様、太夫と何度も話し合ったのだが、薄墨の命に値するお礼の品をなかなか思いつかぬでな、ほとほと困っております」

と正直な気持ちを吐露《とろ》した。幹次郎が、

「四郎左衛門どの、薄墨太夫の一服、神守幹次郎満喫致しました。これ以上のお礼がこの世の中にございましょうか」

と頭を下げた。

「やはりそう申されますか」

薄墨が笑みの顔で応え、幹次郎も応じた。

「番方、薄墨と話し合《お》うておることがございます。ちと時を貸してくだされよ」

と四郎左衛門が願い、

「それはもう」

仙右衛門が曖昧《あいまい》な表情で頷いた。

「それにしても神守様は女衆《おんなし》の守り神にございますな」

「主様、神守幹次郎様は薄墨の他にだれぞ女衆を助けられましたか、なんとも妬《や》けることにございますな」

と薄墨が訊いた。

「薄墨、焼き餅を焼く話ではないぞ。ほれ、松平定信《まつだいらさだのぶ》様のご側室《そくしつ》、お香《こう》の方様を白河《しらかわ》から江戸へ決死の覚悟で連れ戻されたのは神守幹次郎様と汀女先生のご夫婦に吉原会所の面々でしたな」

「お香の方様は吉原の禿の蕾《つぼみ》でしたものな、ほんに神守様は吉原の守り神かもしれませぬ」

松平定信の側室お香の方は幕府御儒者衆《おんじゆしやしゆう》佐野村《さのむら》家の娘であった。国学者《こくがくしや》にして歌人としても世評の高い田安《たやす》家と佐野村家は学問を通じて交流があり、田安宗《むね》武《たけ》の七男、八代将軍吉宗《よしむね》の孫に当たる定信とお香は身分違いながら兄妹のように、または幼馴染《おさな》のように育ったのだ。

数年後、定信の明晰《めいせき》を恐れた田沼意次《たぬまおきつぐ》によって定信は白河藩の松平定邦《さだくに》の養子に行かされ、江戸を離れることになった。一方佐野村家は田安家と近しいという理由で幕府御儒者衆の家系を断絶に追い込まれていた。

佐野村家は貧窮《ひんきゅう》に落ちた。

お家の大事にお香は吉原の松葉屋《まつばや》に禿として売られることになった。

禿は吉原の華の太夫予備軍であり、美形にして明晰な娘だけを選びに選び、英才教育が施《ほどこ》されるのだ。

吉原に入り、蕾と名を変えた禿の正体が松平定信の幼馴染と知った会所では松葉屋に因果《いんが》を含めさせて白河藩主の松平定信に蕾を、いや、お香の名に戻った娘を密《ひそ》かに贈ったのだ。

それから数年後、白河で定信の側室として暮らすお香の方に田沼意次の手がふたたび伸びた。それを知った吉原会所では神守幹次郎、汀女夫婦に仙右衛門らを送り込み、懐妊《かいにん》中のお香の方を江戸藩邸へと連れ戻したのだ。

四郎左衛門はそのことを言っていた。

「失脚した田沼様の残党の大老《たいろう》井伊《いい》直幸《なおひで》様方はそのせいか吉原を目の仇《かたき》になされますな、こたびの火事でも田沼一派は仮宅商いを三百日かぎりと主張なされたとか。三百日で吉原の再建が叶《かな》うとお思いでしょうか、嫌がらせにしか過ぎませぬ」

と四郎左衛門が話柄《わへい》を転じさせた。

なんとか五百日の仮宅商いが許されたのは、吉原の攻勢が功を奏したからだという。

幹次郎が初めて聞く話だ。胴に吉原会所と書かれた提灯を掲げた宗吉に突きかかってきた男の存在が浮かんだ。

(ひょっとしたら田沼一派の新しい刺客《しかく》か)

「意地悪大老もおられます、なんとか五百日の仮宅営業で吉原に戻りたいものですな」

と仙右衛門が答えたとき、幹次郎らの耳に八つ(午前二時)の時鐘《ときのかね》が響いてきた。

「おや、なんとも長居致しましたな」

と仙右衛門が慌て、

「ほんに、私どももおふたりをお引き留め致しました」

と四郎左衛門がまず茶室から出た。そして、仙右衛門が続き、最後ににじり口にしゃがもうとする幹次郎の鼻腔《びこう》に芳《かぐわ》しい香りが漂い、振り向いた幹次郎に、

すうっ

と薄墨の顔が近づいて唇が押しつけられた。それは幹次郎がくらくらとしたほどの官能だった、刺激だった。

だが、野分《のわき》のような激しさと切なさを秘めた唇は一瞬の裡《うち》に遠のいていった。

寒梅の　香《か》に滲みし艶《つや》　師走かな

幹次郎はにじり口にしゃがんで呼吸を整え、出た。冷気が幹次郎の顔の火照《ほて》りを撫《な》でていった。

仙右衛門と幹次郎は寒風が吹き抜ける浅草広小路《ひろこうじ》を突っ切り、浅草寺の雷御門から寺中を抜け、随身門《ずいじんもん》を潜り、馬道《うまみち》へと出た。

「思いもかけない刻限となりましたな」

と仙右衛門が言いながら首を竦めた。

「番方、雪でも落ちてきそうな寒さじゃな」

幹次郎の言葉に仙右衛門が夜空を見上げて、

「神守様がそんなことを申されるからちらちらと白いものが落ちてきましたぜ」

と恨《うら》めしそうに言った。

「急いで戻りましょうか」

馬道から町屋の聖天町を抜けて、待乳山聖天《まっちやましょうでん》の小高い山にぶつかった。

ふたりは黒々とした人工の待乳山を右に避《よ》けて、今戸橋《いまどばし》に出ようとした、そのとき、暗がりに、
ぼおっ
とした火が浮かんだ。

盗人被《ぬすっとかぶ》りをしたふたり組が火つけをしようとしているのは揚屋町の国分楼《こくぶんろう》の仮宅だった。

「火つけとはふてえ野郎だ、こら待て、なにをしやがる！」

仙右衛門の怒鳴《どな》り声と一緒に幹次郎は駆け出した。

盗人被りのふたりがぎょっとしたように立ち上がって振り向き、慌てて御蔵前通りへと逃げ出した。

十数間先で炎が燃え上がった。

幹次郎は町内で用意されている天水桶《てんすいおけ》に張られた水を手桶で汲《く》み、国分楼の仮宅の張見世の板壁を焦がそうとする炎にぶち掛けた。続いて仙右衛門の手桶の水が撒《ま》かれて勢いを増そうとした炎がなんとか消えた。

騒ぎに国分楼の男衆が飛び出してきて、ふたりを見るとこちらも、

ぎょっ

と驚いた。

「由《よし》さん、おれだ。会所の仙右衛門だ」

「番方、火つけの真似か」

「馬鹿野郎、わっしと神守様が通りかからなかったら、国分楼から火の手が上がっている頃合だぜ」

と仙右衛門が空の手桶を振り、そこに国分楼の主と番頭ら男衆が起きてきた。

「番方、だれが火つけをしたって」

「番頭さん、盗人被りのふたりだったよ。わっしらの姿を見て慌てて逃げ出しやがったから人相風体までは分からないがねえ、逃げ足からいって若い野郎だな」

「番方、うちは火つけをされるような覚えはないよ」

主の才蔵《さいぞう》が憮然《ぶぜん》と言った。

「国分楼を狙ったのか、手当たり次第に火つけをしようとしたのか、なんとも言えないがね、ともかく時節が時節だ、用心が肝心ですよ」

「ともかく番方、おまえさん方が通りかかってよかったよ。この刻限まで夜廻りかえ」

「東仲町の三浦屋の仮宅に立ち寄ったら茶を馳走《ごち》になってねえ、話しているうちにこんな刻限になっちまったんだ」

「そうかえ、三浦屋で引き留められたお陰でうちが助かったか」

と答えた才蔵の視線の先が幹次郎にいった。

そのとき、幹次郎は火つけのふたりが残していったと思える竹筒を摑み上げ、臭《にお》いを嗅《か》いでいた。

「番方、あのふたり、油まで用意しておりましたぞ」

幹次郎が竹筒の栓を抜くと傾けた。すると菜種《なたね》油がすうっと糸を引くように流れ出した。

「なんてこった、こりゃ、思いつきの悪戯《いたずら》なんかじゃねえ。こちらの国分楼を狙った火つけかもしれませんぜ」

「番方、うちはそんな阿漕な商売をしていませんし、女郎も泣かせていませんよ」

と番頭が反論した。

「まあ、なにごともなくようございました」

幹次郎はそう言いながら竹筒の栓をした。

ふたりが山谷堀の今戸橋際にある船宿牡丹屋に戻ったころには八つ半（午前三時）の刻限を回っていた。

土間には大火鉢に炭を盛り上げて火を熾《おこ》し、鉄瓶がちんちんと湯気を立てていた。その周りで小頭の長吉や若い衆が仙右衛門らの帰りを待ち受けていた。

「番方、神守様、見廻りご苦労でしたな」

長吉がふたりを労《ねぎら》いの言葉で迎えた。

「なんともあれこれと騒ぎが起きる晩だったぜ」

と仙右衛門が答えるところに二階座敷から吉原会所の七代目頭取四郎兵衛が姿を見せた。まだ起きていたようだ。

幹次郎は七代目に会釈をすると火つけが残していった油の入った竹筒を土間の

片隅に置いた。

「番方、宗吉らから三浦屋近くで襲われた話までは聞きましたぞ。まさか三浦屋さんではなにごともございますまい」

「三浦屋の旦那と薄墨太夫が神守様に先の火事騒ぎの折りのお礼を申し上げたいというので離れの茶室に通されて一服茶を頂戴し、四方山話《よもやまばなし》をして引き上げてきましたんで」

「何もなければそれに越したことはございませんでな」

と答えた四郎兵衛の視線が幹次郎の提《さ》げてきた竹筒にいった。

「油が入っているようですな」

「七代目、もうひとつの厄介事《やっかいごと》はその後に出くわしたんで」

仙右衛門が待乳山聖天裏の国分楼仮宅で火つけがあった一件を報告した。

「なんとそんなことが」

「七代目、嫌な感じがしませんかえ。会所の提灯を持った宗吉がいきなり襲われた一件といい、国分楼の火つけ未遂《みすい》といい、宗吉や国分楼を格別狙ったとも思えねえ。吉原に恨みつらみを持つ野郎がまたぞろこそこそと姿を見せたってことじゃございませんか」

四郎兵衛が板の間にどっかりと腰を下ろし、煙草盆を引き寄せながら沈思《ちんし》していたが、

「番方、おまえさんの勘《かん》が当たっているかどうか、明日から注意して夜廻りに当たりましょうか」

と提案した。

「へえっ」

四郎兵衛が自慢の煙管に刻みを詰めて火を点《つ》けると紫煙《しえん》を吐き出した。

「神守様、ご苦労でしたな。遅くなりましたが汀女先生の元にお戻りください。いくらなんでもこれからなんぞ起こることもございますまい」

と言い、

「もしなんぞあれば懐中《かいちゅう》の呼子《よびこ》をお使いなせえ。近くにいれば会所の者や、町方の面々が駆けつけますでな、神守様をそうそう働かせては汀女先生に叱《しか》られます」

と苦笑いした。

吉原内ならば呼子も必要ない。だが、浅草から本所深川へと散った仮宅を見廻るには会所の人数ではなんとしても手薄だ。そこで南北町奉行所の三廻りに御用

聞きまで見廻りを願っていたが、実際には手が回らない。会所の面々も懐に呼子を持参して手薄な人員を補おうとしていた。

「ならば、それがしこれにて失礼致します」

と幹次郎が一文字笠《いちもんじがさ》を手に牡丹屋の戸を引き開けると、

ひゅっ

という寒風とともに雪が舞い込んできた。

「ふえっ、本降りになりやがったぜ」

若い衆の声を背に表に出ると、

「御免」

と引き戸を閉めた。

四

山谷堀に雪混じりの烈風が吹いていた。

一文字笠を被った幹次郎は顔を伏せるようにして土手八丁を歩いていった。

薄墨太夫が幹次郎の胸奥に点した官能は吹きつける雪と風とでみるみると薄れ

ていった。

(それでいい)

神守幹次郎は吉原会所の裏同心、ときに遊女の命を守り、ときに女郎に過酷《かこく》を強《し》いる陰の存在だ。ひとりの遊女に情などを感じてもいけない男衆のひとりだった。

吉原では遊女に全身全霊で奉仕《ほうし》するのが男衆だ。

(そのことを忘れてはならぬ、よいな、神守幹次郎)

と自らに言い聞かせた幹次郎はふと顔を上げて足を止め、黒々とした吉原の焼け跡を見た。まるで廃寺の墓地のようだと思った。

底知れぬ深い闇だった。

あの地にふたたび万灯の灯りが蘇《よみがえ》る日が来るのか。

幹次郎にとって町ひとつ焼ける大火は初めての経験だった。

顔を伏せて幹次郎はふたたび歩き出した。

西方寺《さいほうじ》の前を通り過ぎ、浅草田町《たまち》の長屋へと曲がる辻が見えたとき、幹次郎は今一度吉原の焼け跡に視線を送った。すると闇の中に、

すうっ

と光が疾《はし》ったような気がした。

無人の焼け跡に灯りが動くのはおかしかった。燃え落ちた楼の跡ばかりだ、盗まれる物とてないはずだが、吉原会所の者には見逃せない一事だった。

幹次郎は、羽織の下に着込んだ薄い綿入れの袖無しまで雪に濡れているのを感じながらも土手八丁を見返り柳まで急いだ。

衣紋坂《えもんざか》から五十間道は大門に近い半分が吉原の火事の煽《あお》りで焼失していた。衣紋坂側に焼け残った引手茶屋は、廓内の妓楼が仮宅として借り受けて商いをしていた。だが、七つ（午前四時）前のこと、店々は最も深い眠りに就いていた。

幹次郎は早うっすらと積もり始めた坂道を下った。

五十間道が緩く大きく蛇行《だこう》するのは将軍家が鷹狩《たかが》りに出て日本堤を通りかかられたとき、大門が見えぬような配慮とか、いろいろの通説があった。

幹次郎には蛇行する道が白い大蛇《おろち》のように思えた。舞う雪が道に落ちて、蛇の滑《ぬめ》って光る肌をさらに重ねていく。

なんとも不思議な光景だった。

道の途中の旅人井戸も焼失し、甚吉《じんきち》が勤める引手茶屋の相模屋《さがみや》の建物もなく、焼け跡に寒々と雪を降り積もらせていた。

甚吉は幹次郎と同じく豊後岡藩の奉公人であった。甚吉が中間《ちゅうげん》なら幹次郎は下士、食べていくのが手いっぱいの貧乏暮らしだった。

幹次郎と汀女が岡藩を抜けて、流浪の旅を重ねたあと、吉原に拾われて暮らし向きが安定したことを知った甚吉は幹次郎の勧めもあって外茶屋の男衆として働き始めた。

そんな甚吉は同じ相模屋に勤めていた女衆のおはつに惚れ、なんとかささやかな祝言《しゅうげん》を挙げて晴れて夫婦《めおと》になり、おはつが子を宿したばかりだった。

だが、火事のせいで甚吉は仕事を失っていた。

(近々甚吉の様子を見に行こう)

と己に言い聞かせながら、大門が立っていた跡地に辿《たど》りついた。

鉄漿溝がぐるりと二万余坪の明地《あきち》を取り囲んでいるばかりで、その外側に縄が張られ、江戸町奉行所の、

「無用の者立ち入りを禁ず」

の高札《こうさつ》が掲げられていた。

限られた土地にひしめき合うように妓楼が何百軒と軒を連《つら》ね、花色暖簾や鬼灯《ほおずき》提灯を飾って華やかに妍《けん》を競ってきた。だが、あの一夜をかぎりに一変した。

降り積もる雪に覆われ始めた吉原は、茫漠《ぼうばく》として取りとめもなく広く感じられた。

先月の火事で吉原は逃げ遅れた客や遊女、奉公人ら十数人が炎に巻かれて死んでいた。町奉行所の調べがあり、その後、行方不明の者の捜索がくまなく行われ、それが済んだばかりで整地作業は年明け早々からと決まっていた。

整地の行われない跡地に卒塔婆《そとば》のように燃え残った柱が林立《りんりつ》して雪を積もらせていた。また天女池《てんにょいけ》の周りに植えられていた桜の木が、幹と太い枝だけを残して無残な姿を曝しているのが吹雪《ふぶき》に見え隠れした。

幹次郎は吉原跡地に踏み込んだ。

南北京間百八十間の仲之町に雪が舞い、風が吹きつけて水道尻《すいどじり》まで見ることができなかった。

この地に虚栄《きょえい》と粋と張りを競い合って一万数千もの男女が生を繋いできたのだ。一夜何千両もの小判が降った遊里でもあった。

それが七縣堂骨鋒、菊水三郎丸《きくすいさぶろうまる》、鍬形精五郎《くわがたせいごろう》らのつけ火が原因で焼失したのだ。

さすがに仲之町では焼け残った柱や瓦は端っこに片づけられていた。

幹次郎は、灯りを見た仲之町から北に折れて揚屋町の通りに入った。すると五丁町のひとつには未だ火事の残骸の布団などが残されて無残な光景を曝していた。

幹次郎は人の気配を感じた。

腰を捻り、一剣を落ち着かせた。

その間に幹次郎は取り囲まれていた。だが、相手は未だ姿を見せていない。

(何奴か)

幹次郎は記憶を頼りに燃え残った残骸の間に空いた蜘蛛道《くもみち》に姿を入れた。すると監視する輪も移動してきた。

吉原は仲之町を中心に江戸町《えどちょう》一、二丁目、京町一、二丁目、角町《すみちょう》、伏見町、揚屋町の五丁町の通りで構成された遊里だ。これらすべての設計は京の島原《しまばら》遊廓の模様を江戸の元《もと》吉原へと移し換えたもので、それは浅草田圃《たんぼ》裏に移り新吉原となっても継承されてきた。

ゆえに吉原の異名を島原風に、

「五丁町」

とも呼んだが、むろん五丁町だけで吉原が済んだわけではない。南北に設けられた河岸見世もあった。さらには吉原を陰で支える生活者が暮らす裏町を繋ぐ複雑な路地が無数にあり、この路地を、

「蜘蛛道」

と称し、吉原育ちの住人にとって馴染の生活道だった。

幹次郎が入り込んだのは俗に揚屋町蜘蛛道と呼ばれる路地で、それは天女池に通じていた。

幹次郎は焼け残った柱が積み重なる蜘蛛道を抜けて天女池の畔《ほとり》に出た。そこだけ黒く、ぽっかりと口を開けているのは水面が雪を積もらせることを拒《こば》んでいたからだ。

この天女池でも三人の女郎と禿が窒息死していた。

幹次郎は池に向かい、逃げ遅れて死んだ女たちの霊を弔《とむら》うために合掌した。

かさこそと人の気配がした。

幹次郎が合掌の手を解《と》き、瞑目《めいもく》した両目を見開いた。すると頬被《ほおかむ》りに着物の裾を絡《から》げ、股引《ももひき》を穿《は》いた連中が五、六人姿を見せた。その者たちは鍬《くわ》や先の尖《とが》った鉄棒《かなぼう》などを持参していた。

「おまえ様はだれだえ」

男たちの後ろから菅笠《すげがさ》を被り、羽織を着た男が幹次郎に向かい、誰何《すいか》した。

「そなたらこそ何者かな」

「ちょいと頼まれてねえ、いや、盗人じゃねえや。妓楼の主に焼け落ちた地下の金蔵《かねぐら》の金子を取り出してほしいと頼まれたのさ」

「妓楼の主とはどなたかな」

「おまえさんこそ身分を明かしなせえ」

幹次郎は羽織の男が江戸の者ではない気がした。

「吉原会所の神守幹次郎と申す」

「吉原会所とはなんだえ」

「そなた、それも知らずして焼け跡地から金子を取り出す手伝いを請け負ったか」

「妓楼の主が自分の金を取り出すのだ、それを手伝ってはいけませんかえ」

「ただ今、吉原の焼け跡地は江戸町奉行所の支配下にある。何人《なんぴと》といえども立ち入りは禁じられておる」

「おまえ様も入ってこられたな」

言葉遣いだけは丁寧だが油断のならない挙動《きょどう》で、鉄棒を持った連中もなんとなく不気味だった。

「吉原会所の者は、町奉行所隠密廻りと緊密《きんみつ》に助け合う仲でな。そなたらのような火事場荒らしを取り締まるのも仕事のうちだ。そなたらに地下から金子を取り出せと頼んだ妓楼の主はだれだな」

初めて相手から答えが返ってこなかった。

「金子は見つかったか」

相手が顔を横に振り、

「先生方」

と男が呼んだ。

老桜の幹の背後からふたりの剣術家風の二本差しが姿を見せた。

「妓楼の主に頼まれたとは虚言のようだな」

ふたりがそろりと剣を抜いた。

「いや、たしかなことですよ、お侍」

「そなた、なかなか度胸がよいな。名はなんというか」

「むぐらの勢蔵《せいぞう》ですが」

「むぐらとはまた妙な異名かな」

「むぐらとは蔓《つる》が絡み合いながら生えた雑草のことですよ」

「他人の懐に寄生《きせい》して生きる輩《やから》か」

「なんとでも言いなせえ」

幹次郎は懐に手を入れると呼子を摑み出し、口に咥えると吹雪の空に向かって、
ぴーぴぃっぴーぴぃっ
と吹き鳴らした。

ちえっ！

舌打ちしたむぐらの勢蔵が、

「油断しちまった。先生方、こやつの呼子を止めてくんなせえよ。町方《まちかた》が姿を見せると厄介になる」

とふたりの剣術家に命じた。

おうっ
と応じたふたりの剣術家が幹次郎の左右から間合を詰めてきた。

幹次郎は口に呼子を咥えたまま、無銘の豪刀の柄《つか》に手をかけ、まただらりと右脇に垂らした。

間合は一間半（約二・七メートル）。

吹雪は対峙《たいじ》する三人の斜《なな》め横手から吹きつけていた。幹次郎の左脇からふたりに襲いかかる風向きだ。

二対一の対決だが吹雪は幹次郎に味方していた。

さらに一段と吹雪が激しくなったか、わずか一間半先の相手もよく見えなかった。

両目を細めたふたりがじりじりと間合を詰めてきた。そのせいで一間に縮まった。

幹次郎はふたたび口に咥えた呼子を鳴らした。

その行動に誘われるように幹次郎の左手の剣術家が動いた。

幹次郎の口の呼子が踏み込んできた相手の顔面に向かい、吹き飛ばされた。吹雪に乗った呼子が見事に顔面に命中し、
うっ
と相手が立ち竦んだ。

その直後、幹次郎の体が身軽にも右の剣術家に向かい飛んでいた。相手も踏み込んでいた。だが、明らかに先手を取ったのは幹次郎だ。

幹次郎の右手が踏み込みつつ柄にかかり、刃渡り二尺七寸（約八十二センチ）の刀を抜き打っていた。

加賀《かが》湯涌谷《ゆわくだに》の住人戸田《とだ》眼志斎《がんしさい》が創始した眼志流《がんしりゅう》居合の一手、

「横霞《よこがすみ》み」
が剣術家の胴へと深々と見舞われていた。手応え十分の一撃だ。
げええっ
という絶叫が吹雪に空《むな》しく抗《こう》して、剣術家は体をねじるようにして斃《たお》れた。
同時に幹次郎の左手から呼子に顔を打たれて攻撃が中断していた朋輩が襲いかかってきた。
そのことを予測した幹次郎は一番手の胴を抜くと、
つつつ
と斜め前方に走り抜け、相手の攻撃を外し、
くるり
と振り向いた。
ちらり
と朋輩の断末魔に視線をやった二番手の剣術家が、
「小野寺《おのでら》の仇、許しはせぬ」
と刀を八双に構え直すと幹次郎との間合を詰めてきた。
居合術は間合を相手より一瞬早く読み解く技だ。見事に決まれば必殺電撃の技

となる。だが、抜いてしまえばもはやその攻めは二度と遣えない。

「居合は鞘《さや》の中」

と言われる所以《ゆえん》だ。

「抜きおったな、どうする、若僧《わかぞう》」

と相手に呼ばれて幹次郎は、対決する相手が古豪《ここう》の武芸者と気づかされた。

吹雪は幹次郎の正面から吹きつけて相手の動きを読むのが難しくなっていた。

幹次郎は頭を前に傾け、一文字笠の縁《へり》で吹雪を避けようとした。だが、地面から吹き上がる吹雪を防ぎ切れなかった。

幹次郎は吹雪の間から人のざわめきが聞こえたように思った。

呼子を聞きつけた夜廻りか。

そんなことを考えながら先祖が戦場で倒した相手の騎馬武者から奪ってきたと伝えられる無銘の豪剣を吹雪の虚空に高々と突き上げた。

先反りの二尺七寸に吹雪が当たり、ふたつに裂《さ》けていく。

相手は中段の剣の切っ先を小刻みに上下に揺らしながらさらに間合を詰めてきた。

ぐおおっ

と地鳴りがして猛然とした吹雪が幹次郎を襲った。

相手が吹雪に後押しされるように踏み込んできた。

けええつ
という怪鳥《けちょう》の鳴き声にも似た気合が幹次郎の口をつき、身は吹雪の空に飛翔《ひしょう》していた。

踏み込んできた相手が戸惑《とまど》いを見せて動きを止めた。それほど幹次郎の飛躍は高かった。次の瞬間、虚空に、
ちぇーすと！

の奇声が響き渡り、先反りの刃が雪崩《なだ》れるように相手の脳天に振り落ちた。

それでも百戦錬磨の古豪剣客は中段の剣を振り上げて、幹次郎の下半身を狙った。

だが、二尺七寸の刃には勢いがついていた。下から振り上げられる刀を両断して剣客の脳天へと叩きつけられた。

血飛沫が吹雪を染めた。

「な、なんという侍か」

とむぐらの勢蔵が呆然と呟《つぶや》き、焼け跡に響く足音に、

「野郎ども、ここは引き上げじゃあ」

と一味に声をかけて逃げ出そうとした。だが、幹次郎の吹き鳴らした呼子に夜廻りがすでに集まっていた。

天女池の周りに人影が浮かび、逃げ出そうとした一団を囲んでその輪を縮めてきた。

「もはや遅いわ。むぐらの親分、悪足掻《わるあが》きはやめておけ」

幹次郎の言葉にもかかわらず勢蔵は腰の長脇差を抜き、

「野郎ども、一旦《いったん》ここは逃げ出すぜ。集まる場所は予《かね》ての手筈《てはず》通り」

と命じると散り散りに逃走を図ろうとした。

幹次郎は呼子に集まってきた中に吉原会所の提灯があるのを確かめると、あとは任せた。

あちらこちらでむぐらの勢蔵一味に向かい、会所の若い衆や町方が飛びかかっていくのが見えた。

「神守様、長い夜にございますねえ」

と最前別れたばかりの番方の仙右衛門の声がした。

「このような夜、それがしも初めてにございますよ、番方」

幹次郎は土手八丁から吉原の焼け跡で灯りを見た話から、むぐらの勢蔵が妓楼の主に頼まれ、地下蔵の銭箱を取り出しにきたと言い訳したことなどを告げた。

「楼の名は言いましたか」

「いや、口にしなかったところを見ると、吉原が丸焼けになったと聞いて火事場泥棒を思いついた連中ではあるまいか」

「まあ、そんなところでしょうかねえ」

あちらこちらで勝鬨《かちどき》のような喚声《かんせい》が湧き、むぐらの勢蔵一味が次々に捕縛《ほばく》されていった。

四半刻《しはんとき》（三十分）後、仙右衛門と幹次郎が戻った牡丹屋に一味が次々と連れてこられたが、むぐらの勢蔵の姿はなかった。

「しまった、あやつをちと甘くみたかのう」

幹次郎は一気にむぐらの勢蔵を捕まえておくべきだったかと後悔した。

夜が明けても吉原の跡地で捜索が続いたが、むぐらの勢蔵の姿だけは地に潜《もぐ》ったか、闇に消えたか、見つからなかった。

「番方、しくじった」

「いえ、一味はほぼ全員捕まえたのでございますよ。それに第一、吉原が被害を被《こうむ》ったわけではございませんや。火事場泥棒を未然に防いだと思えば大手柄ですよ。夜が明けてしまいましたが、長屋で少し体を休めてください、神守様」

と番方に慰《なぐさ》められるように言われ、朝靄《あさもや》の立つ浅草田圃を浅草田町の仮住まいへと戻っていった。

佐兵衛長屋もまた吉原炎上に類焼《るいしょう》して焼失していた。元々家作《かさく》は吉原会所預かりのものだ。すぐに敷地の隣ににわか造りの長屋が建てられ、幹次郎、汀女をはじめ住人が住み暮らし始めていた。

第二章　青磁《せいじ》の壺

一

「幹やん、なんとかしてくれんか。赤子が生まれるというに仕事がなんにもないぞ」

幹次郎は浅い眠りを仮住まい長屋の木戸口で叫ぶ怒鳴り声に起こされた。切迫した声の主は足田《あしだ》甚吉だ。

ふうっ
と寝床で溜息《ためいき》混《ま》じりの伸びをして、

「姉様、何刻か」

と訊いた。

「五つ半（午前九時）の頃合でしょうか」

文机《ふづくえ》に向かって書き物をしていた汀女が苦笑いの顔を向け、

「少しは休まれましたか」

と年下の亭主の身を案じた。

「二刻（四時間）は眠ったか。まあなんとか大丈夫じゃあ」

「幹どのももう若《わこ》うはございませぬ。無理はなされぬことです」

「いかにもさようだが、今は吉原の非常時、致し方あるまい」

と寝床に起き上がったところに甚吉が慌ただしく戸を引き開け、飛び込んできた。濡《ぬ》れた髪が逆立《さかだ》ち、白いものがついて見えた。

「なんだ、まだ寝床か。いいのう、会所の用心棒は朝寝ができて」

「そう皮肉を申すな。徹夜の見廻りで本所深川から吉原の焼け跡まで走り回らされてみよ、くたくたじゃぞ」

「おや、幹やんが愚痴を言うとは珍しいが、会所はさほどに忙しいか」

と言いながら土間で頭の雪を払い、のそのそと板の間に上がってきた。

「雪がまだ降っておるか」

「おお、大雪になりそうな気配じゃぞ」

「道理《どうり》で寒いわ」

と答える幹次郎に汀女が、

「幹どの、鉄瓶の湯で顔を洗いなされ。桶も板の間に用意してございますでな」

と言いながら文机の前から立ち上がり、幹次郎が起きたばかりの夜具を片づけ始めた。

「甚吉、仕事が見つからぬか」

「ないない。吉原の男衆の大半がいきなり仕事をなくしたのだ。楼の雇い人は仮宅に行くこともできよう、それでも吉原にいたときの半数は仮宅商いには要らぬとお払《はら》い箱だ。うちのように焼け落ちた外茶屋はどうにもならぬ。この後の一年半、どこぞで仕事を見つけろとなにがしかの銭はもらったがよ、もはやそれも尽きた。今ではおはつがこつこつと貯《た》めてきた金で食べておる有様だ」

「年が明ければ吉原の再建が始まる。仕事を厭《いと》わねば大工や左官の下働きの仕事が出よう」

「それがただひとつの光明だがな、幹やん、仕事待ちの男衆がごろごろしておるのだ。外様《とざま》のおれに仕事が回ってくるかどうか心配だ」

幹次郎の寝巻の袖を汀女が帯に手繰《たぐ》り込んでくれた。そして、桶に鉄瓶の湯を

張り、水甕《みずがめ》の水で湯加減を調節して、

「幹どの、どうぞ」

と洗顔を促《うなが》した。

「姉様、いつまで幹やんを甘やかすのか。長年の夫婦がおかしいぞ」

「甚吉どの、おかしくはございませんよ。うちの稼ぎ手は幹次郎どの、いくら大切にしても足りませぬ」

「おやおや」

甚吉が火鉢の傍《そば》に胡坐《あぐら》をかいた。

汀女も豊後岡藩の下士の娘だ。三人は互いに物心ついたときから、承知の仲だ。遠慮もなければ隠しごともない。幼少のころからの付き合いそのままだが、甚吉がおはつと夫婦になって落ち着いたところで火事騒ぎに見舞われた。のんびりとばかりはしておられなくなったのだ。

「そなたの仕事を気にしていたところだ。これから会所に出向くゆえ同行せぬか。七代目に頼んでみよう」

「そうしてくれると助かる」

甚吉は幹次郎の返事にほっとした表情を見せた。

幹次郎は汀女が仕度してくれた湯で顔を洗い、濡れた手で髷《まげ》を撫でつけて洗顔を終えた。

「おはつさんのお腹《なか》はどうですね」

「姉様、段々とせり出してきたぞ。おれに子ができると思うと不思議な気がする」

屋敷奉公の薄給の身の甚吉である、独り身が長かった。それだけにおはつの懐妊は嬉しくてしようがないのだ。

「生まれてくる子のためにもひと稼ぎしておかぬとな」

「まあ、そういうことだ」

幹次郎が火鉢の傍に戻ると交代で汀女が台所に立ち、幹次郎の朝餉《あさげ》の仕度を始めた。

「甚吉どのも幹どのと一緒しますか」

「姉様、すでに朝餉は食したが他家のめしは美味《うま》いというからのう、馳走になろうか」

苦笑いした汀女がふたつの膳の仕度を始めた。

「幹やん、火事の折りに足抜したお職はまだ戻ってこぬか」

「三扇楼の花蕾のことだな。以来、行方知れずだ」

「変な話を聞いた」

「ほう、なんだな」

幹次郎が顔を甚吉に向けた。

「あの夜明け前、人込みに紛れて花魁は五十間道まで逃げてきたそうだな」

「朋輩と手に手を取り合って大門の外に出たところまで分かっておる。旅人井戸で逃げ出した客や遊女や奉公人と坂上から火消し、野次馬が押しかけてぶつかりその混乱の中で朋輩と別れたらしい」

「その後の話だ」

「話してみよ」

「うちの茶屋は旅人井戸の対面にあろうが。女衆のおしなさんが、浅草田圃に向かう裏道で女郎が何人かの男に囲まれ、布団に巻かれてどこかへ担がれていくのを見たそうな。どうもそれが花蕾らしいと言うんだがな」

「その女衆は花蕾を承知か」

「三扇楼はうちの得意先の一軒だ。おしなさんは女郎の顔はみな見知っていたぞ」

「なぜおしなさんはそのことを会所に届けなかったか」

「無理だよ、幹やん。あの大騒ぎの中、一瞬見ただけのことだ、はっきりと言い切れるほどの話じゃない。それにおしなさんはあの火事のあと、実家に戻ってよ、昨日、相模屋の引っ越し先を訪ねてきて、帰り際にちらりとおれに漏らしていったんだ」

「姉様、朝飯をちと急いでくれぬか」

「幹やん、急いだってもうおしなさんは実家に戻ったぜ」

「実家とはどこだな」

さあ、と甚吉は首を捻った。

「お待たせしましたな」

膳が運ばれてきた。浅蜊《あさり》の味噌汁の香りが漂い、鰯《いわし》の丸干しと大根《だいこん》と油揚の煮物が並んでいた。

「丸干し鰯か、好物だ」

と甚吉が手で摑み、

「これ、甚吉どの、それでは生まれてくる赤子の手本になりませんぞ」

と汀女が注意したが、甚吉はすでに頭からかぶりついていた。

雪は霏々《ひひ》と降っていた。

幹次郎と甚吉は頭に一文字笠を被り、蓑《みの》を着込んで白鬚《しらひげ》ノ渡し舟に乗っていた。

隅田川に吹きつける雪を乗せた烈風は、昨夜より一段と激しさを増していた。

五十間道にあった引手茶屋の相模屋の主一家の引っ越し先は浅草橋場《はしば》の百姓家の納屋《なや》だった。

茶屋はほんのひと摑みの店を除いて吉原再建の日まで休業状態だ。

外茶屋の相模屋も奉公人にその日まで暇《いとま》を取らせ、一家はひっそりと納屋で過ごしていた。ふたりが百姓家の木戸門を潜ると相模屋の番頭の早蔵《はやぞう》が軒下で煙草を吸っていた。無聊《ぶりょう》を持て余した様子がありありとあった。

「番頭どの、暇を持て余していなさるか」

「神守様、旦那とさ、繋ぎの小商いでも始めようかと話しているところですよ。吉原がなくちゃあ、引手茶屋もかたなしだ」

と煙管の灰を器用に落とした早蔵が、

「なんぞ掛け合いですか」

と、仕事の掛け合いと早とちりして幹次郎と甚吉のふたりを交互に見た。

「そうではない。番頭どの、昨日、女衆のおしなさんが姿を見せたようだが、実家を教えてくれぬか」

幹次郎が事を分けて事情を話すと、

「なんだって、おしなめ、そんな大事をこの私に話していかないなんて」

と言いながらも、

「葛飾郡《かつしかごおり》小村井村《おむらいむら》ですよ。中井堀《なかいぼり》の西側、一心地蔵《いっしん》の傍の百姓でしてな、太郎吉《たろきち》がおしなの親父様です。行けば分かりましょう」

との返事に、橋場から渡し船に乗って向こう岸へと渡ろうとしていたのだ。

「寒いな」

と同行してきた足田甚吉が嘆いた。

甚吉には、

「雪の中だ。四郎兵衛様には必ず引き合わせるで長屋で待っておれ」

と命じたが、

「行きがかりだ、おれも行く」

と言い張り、ついてきたのだ。

橋場ノ渡しは、豊島郡《としまごおり》橋場村と対岸の寺島村《てらしまむら》を結び、寺島村の権右衛門《ごんえもん》が差配していた。

隅田川左岸の中洲を抜けると風が弱まった。

寺島村の渡し場は将軍の御上《おのぼ》り場《ば》の下にあった。船着場が見えてきたが、寺島村の土手には三、四寸（約九〜十二センチ）の雪が積もっていた。

雪仕度で出てきたふたりだが、小村井村までは難儀しそうだ。

「幹やん、葛飾郡小村井村なんぞに行ったことがあるか」

「ないな」

「船着場からだいぶ歩きそうだ」

ふたりの会話を聞いていた年寄りが、

「おふたりさん、この雪の中、小村井村まで行きなさるか。まんず歩いては無理だな」

「歩く他になんぞ方策がござろうか、老人」

「お侍、北十間川《きたじっけんがわ》まで出られれば舟が拾えよう。そこから東に行き、境橋《さかいばし》から北に向かう堀が中井堀だよ」

「となると北十間川まで歩きか」

「お侍、行きなさるか」

「御用でな、致し方あるまい」

「ならば渡し場に百姓舟だが私の舟が待たせてある。柳島村《やなぎしまむら》まで帰る途中だ、乗せていこうか」

「老人、助かる。願ってよいか」

と幹次郎が礼を言ったとき、船が渡し場に着いた。

年寄りは柳島村の名主《なぬし》光右衛門《みつえもん》と名を告げた。

「それがし、吉原会所に世話になる神守幹次郎と申す」

幹次郎が名乗ると、

「あの神守幹次郎様でしたか。火事騒ぎのとき、薄墨太夫を炎の中から助け出したお侍様でございますね、お手柄でした」

「それが仕事でな」

「いやはや、火事のあと、読売《よみうり》がそなた様の勲《いさおし》を何度も大きく報じましたな、神守幹次郎様の名はだれでも承知ですよ」

と何度も幹次郎を眺めては独り合点《がてん》した。

「旦那様」

と若い声がして小舟が寄ってきた。

甚吉がこれに四人乗れるかと案じ顔で幹次郎を見た。だが、光右衛門は平然としたもので、

「ちと狭《せも》うございますが雪道を行くより楽でございますよ」

と言ったものだ。

「有難い」

三人を乗せた小舟の喫水《きっすい》が船縁《ふなべり》ぎりぎりに上がった。だが、隅田川を渡るわけではない。男衆の櫓さばきで須崎村《すさきむら》と寺島村の間に掘り割られた運河に小舟は入っていった。狭い運河だ、雪風も土手に遮《さえぎ》られて弱まった。

「神守様、会所の御用にございますな」

「いかにもさようです」

「仮宅の見世鳳凰《ほうおう》も目白おし、なんぞと川柳《せんりゅう》に詠《よ》まれ、妓楼は焼け太りと揶揄《やゆ》されますが、会所は大変だ。廓外に散った楼に目配りしなければなりませんからな」

と昔遊び人だったことを思わせる風貌《ふうぼう》の光右衛門が笑った。

「いかにもさようです」

さすがに土地の者が漕ぐ舟だ。隅田川端から半里（約二キロ）ほど入った北十

間川の土手まで難なく漕ぎ寄せた。そして、土手下に掘り抜かれた暗渠《あんきょ》を小舟ごと潜ると北十間川に出ていた。土地の人ならではの荒技だ。

「うちは法性寺《ほっしょうじ》さんの隣でしてな」

と光右衛門が立ち上がると、

「香四郎《こうしろう》、神守様方にお供してな、小村井村一心地蔵まで行ってきなされ」

と漕ぎ手の男衆に命じた。

光右衛門はこの天候では猪牙舟《ちょきぶね》が拾えないと判断して命じたのだ。

「光右衛門どの、そのような親切に甘んじてよいものであろうか」

「昔、吉原に世話になった誼《よしみ》です、好きにお使いなされ」

と言うと橋際の船着場に着けられた小舟からひとりだけ上がった。

「お借りする」

光右衛門に見送られてふたたび小舟は雪の中井堀を北に向かった。

「助かったな、幹やん」

「いや、地獄に仏とはこのことだ」

と答えた幹次郎が、

「香四郎さん、吉原に遊ぶときは山谷堀の船宿牡丹屋に立ち寄ってくれぬか」

「なんぞございますので」

「そこがただ今の吉原会所でな、香四郎どのの望みを若い衆に取り持ってもらおう。さすれば安心して気性のよい女郎と遊べよう」

「神守様、本気にしますよ」

「むろん本気じゃぞ」

「ならば今度仲間と連れ立っていきますぜ」

と若い香四郎が張り切り、櫓に力が入った。

小舟が中井堀の一心地蔵の橋下に着いたのは九つ（正午）前のことだ。敷地に入ると姉《あね》さん被りのおしなは家の納屋で大根を干していた。大根漬けにするのだろう。

「おや、甚吉さん、どうなさったの」

と二十四、五の年恰好と思えるおしなが甚吉に問い、幹次郎を眩《まぶ》しそうに見た。

「ちとそなたに尋ねたいことがあってな」

吉原会所の裏同心神守幹次郎の言葉におしなが身を固くした。

「おしなさん、大したことじゃない。ほれ、おまえさんが火事の騒ぎの中で三扇楼の花蕾花魁が布団巻きにされて、どこかへ連れていかれたのを見たとおれに漏らした話だ。そいつを幹やんは確かめたいのだと」

おしなが甚吉の説明に頷き、

「ほんの一瞬のことでしたから、たしかなことかどうか」

と困った顔をした。

「そなたは花蕾花魁を承知しておるな」

「はい。でも、大騒ぎの中だったんです。花蕾さんのような顔立ちのお女郎さんが男たちに囲まれて布団巻きにされたようだったけど、はっきりと花蕾さんとは」

「言い切れないと申すか。花魁であったことはたしかだな」

「だってあんなぞろりとした絹物の長襦袢《ながじゅばん》姿なんて女郎衆の他にいませんよ」

「長襦袢か、柄《がら》を覚えておらぬか」

「淡い紅地に白椿《しろつばき》の蕾が染め抜いてあったと思ったけど」

「相手の男の風体はどうか」

「遊び人のような男たちでなんとも手際がよかったよ。兄貴分の片腕には肘下《ひじした》まで彫《ほ》り物《もの》があったけど、もう一方の手は袖で隠れていたから分からない。三十三、四かな。そうざ兄いと呼ばれた気がしたけど、あの騒ぎの中だからね」

「よう覚えていてくれたな」

幹次郎は雪の中、葛飾郡まで遠出した甲斐《かい》があったと思った。懐から財布を出すと一分金《いちぶきん》を摑み出し、

「仕事をなくして苦労をしておろう。些少《さしょう》だが礼だ」

と渡そうとした。

「甚吉さん」

とおしなは朋輩に助けを求めるように見た。

「幹やんが出した金子だ、取っておけ」

と言うと、おしなが頂戴しますと両手で受け取り、

「そうだ」

と言い出した。

「なにか思い出したか」

「その連中の本当の長《おさ》はお武家じゃないかしら。人込みの中に頭巾《ずきん》を被ったお侍が立っていたもの。ただ、ちらりと見ただけだから、あまり当てにはならないけど」

とおしなが最後の記憶を絞り出した。

二

幹次郎と甚吉が香四郎に送られて山谷堀の船宿牡丹屋に戻ったのは八つ（午後二時）過ぎのことだった。吉原会所の仮宅にはどことなく虚脱の空気が流れていた。何かひと仕事が終わった様子が表まで漂っていた。

ふたりは戸口の前で全身にこびりついた雪を払い落とした。

その気配に気づいたか、戸が開けられ、番方の仙右衛門が顔を覗かせて、

「神守様、雪塗《まみ》れでどうしなさった」

と驚きの顔を見せた。

「川向こうまで遠出しましたらな、戻りの舟で雪だるまになりました」

香四郎はふたりを山谷堀まで送ると言い張って、荒れる水上を巧《たく》みな櫓さばきで乗り切り、無事今戸橋際に着けると、

「神守様、必ず朋輩と連れ立って遊びに来ますよ、そんときは宜《よろ》しく頼みます」

と繰り返し願い、舳先《へさき》を返して隅田川の向こう岸へと戻っていった。

「昨夜の一件でむぐらの勢蔵独りが逃げ果《おお》せましたが、あやつが川向こうに潜ん

でおりましたかえ」

「番方、そうではない、別件だ。花蕾のことが知れた、甚吉の手柄でね」

と幹次郎は後々足田甚吉を売り込む都合上、そう言った。

「そちらの頬被りは甚吉さんでしたか」

雪と寒さにがたがたと震える甚吉に仙右衛門が訊いたが、がくがくと顔を振るのが精いっぱいの甚吉だった。

「ささっ、中は暖《あたた》こうございますよ、入りなされ」

ふたりは早々に肩に残った雪を落とすと転がり込むように土間に入った。船宿の土間にいくつもの火鉢が置かれ、鉄瓶が湯気を上げていた。

「昨夜の後始末に最前までむぐらの一味がこの土間にごろごろしていましたがね、ようやく大番屋《おおばんや》に引き取られたところでさあ」

「番方、こちらのことも気になっていたが思わぬ話で、橋場村から渡し船で寺島村に渡り、小村井村まで行って参った」

「この雪の中、ご苦労でした」

と労った仙右衛門が若い衆に七代目をお呼びしろと命じ、宗吉が幹次郎らに熱い白湯《さゆ》を入れて、

「茶碗が冷たい手には熱う感じましょうが、ゆっくりと口に含んで白湯で体を温めてください」

と気遣いを見せた。

「有難い、頂戴しよう」

幹次郎は茶碗を両手に抱えたが甚吉は、

ふうっ

と息を吐き、

「できることなら酒がいい。隅田川の上じゃあ凍《こご》え死ぬかと思ったからな、幹やん」

と厚かましくも言い出した。

「甚吉さん、その足で台所に行きなせえ、女衆に言えば酒なんぞ浴びるほど呑ませてくれよう」

「番方、有難い」

と仙右衛門の言葉に甚吉はよろめくように奥へ消えた。

幹次郎は白湯を飲んでようやく人心地がついた。そこへ四郎兵衛が姿を見せた。

「神守様、昨夜はお疲れでした。長屋でお休みかと思うておりましたら葛飾郡まで足を延ばされましたか。ご苦労にございました」

上がり框《がまち》に座布団を敷かせてどっかりと胡坐をかいた。

「花蕾の一件だそうですね」

頷いた幹次郎は甚吉が漏らした四方山話から相模屋の女衆のおしなに会いに行った経緯《いきさつ》を語った。

煙草を吸いながら半目を閉じて四郎兵衛と仙右衛門らが幹次郎の報告に耳を傾けた。

話が終わったが、しばし七代目も番方もなにごとか考えを巡らしているようで口を開かなかった。

沈黙の土間に四郎兵衛が煙草盆の灰皿に煙管の雁首《がんくび》を打ちつける音が響き、

「ちょいと様子が変わりましたな」

と最初の感想を漏らした。そして、仙右衛門が、

「小頭」

と若い衆の兄貴分の長吉を呼び、

「三扇楼の仮宅に走れ」

と花蕾の火事の夜の恰好を確かめさせようとした。

「番方、先ほど三扇楼に立ち寄って参った」

「さすがに神守様でございますな」

腰を上げかけた長吉がまた火鉢の傍に落ち着いた。

「七代目、番方、あの夜、花蕾が逃げ出したときの恰好はおしなが認めた長襦袢姿で、それも淡い紅地に白椿を裾に散らしたものでした」

「なんと、花蕾は攫《さら》われていたか」

と四郎兵衛が呻《うめ》くように言った。

ふたたび沈黙が牡丹屋の土間に漂った。

「七代目、そうざ兄いを頭分とした一味は、花蕾を狙って攫ったものでしょうか。それとも偶々《たまたま》花蕾を人込みで見つけ勾引《かどわか》したか」

「そこがなんとも言えぬな。ともあれ、おしなが見た頭巾の武家が気にかかる」

「へえ」

と応じる仙右衛門に、

「番方、こうなれば肘下まで彫り物を入れたそうざ兄いを探すのが先決だ。堅気《かたぎ》の奴じゃない、世間の闇に巣食っている野郎です。雪中、大変だがなんとしても探し出すのです」

「へえっ」

番方が早速《さつそく》若い衆を手配りして吉原会所の面々が牡丹屋を飛び出していった。

土間に残ったのは四郎兵衛、仙右衛門、幹次郎の三人になった。

甚吉は台所で女衆相手にご機嫌で酒を呑んでいる様子が伝わってきた。

「七代目、この話の肝心なところは三扇楼に伝えてございません。まずは会所に報告をと思い戻って参りました」

幹次郎の言葉に四郎兵衛が頷き、

「妓楼の主には期待も失望もさせてはいけませんからな、当分伏せておきましょうか」

と答えたものだ。

「七代目、花蕾はすでに江戸から遠い岡場所《おかばしょ》に売られましたかな」

仙右衛門が訊いた。

「それもこれも行き当たりばったりの仕事か、なんぞ深い考えがあっての仕業かで決まる。私の勘じゃが、未だ江戸におるような気がする」

「と申されますと、先月の火事の因《もと》の騒動と関わりがあると申されますので」

先月の火事騒ぎは失脚した田沼意次の残党が三人の刺客を雇い、仕掛けたつけ火だった。

「そこが今ひとつ判然とせぬな。まあ、これから炙《あぶ》り出していくしかあるまい」

「へえ」

四郎兵衛が新たに煙管に刻みを詰めた。

「神守様、昨晩のむぐらの勢蔵一味にございますがな、捕まえたのは雑魚《ざこ》ばかりでしたよ。それでも揚屋町の小見世の祝海老《いわいえび》の跡地を掘り起こそうとしたことが雑魚の口から分かりました。もっとも焼け跡です、どこが祝海老か分からぬうちに神守様に灯りを見咎められたんです」

「ほんとうに祝海老の主に頼まれてのことでしたか」

「神守様、こたびの火事で廃業した妓楼が十数軒ございます。祝海老もその一軒でしてな、廃業届を会所に出し、主の青太郎《せいたろう》とおけい夫婦は在所の川崎宿《かわさきしゆく》に引っ込みました」

「祝海老は地下蔵に大枚《たいまい》を隠し持つような分限者《ぶげんしゃ》でしたか」

幹次郎には祝海老の表構えくらいしか記憶にない。至って地味な見世構えと覚えていた。

「たしかに青太郎はしみったれでございましてな、小金は貯めておりましたでしょうよ。ですが、千両箱がいくつもあるという話じゃあございません」

「七代目、未だ焼け跡にはその小金が眠っておりますので」

「神守様もすでにご存じのことだ。年明け早々に整地が始まりますでな、大半の妓楼が町奉行所のお役人、会所の私らの立ち会いでそれぞれの跡地を掘り繰り返して、すでに隠し蔵の銭箱を取り出しました。ですが、祝海老からは跡地掘り起こしの願いは出ていません」

「ということは小判がまだあるということにございますか」

四郎兵衛の視線が仙右衛門に行った。

「青太郎には後添《のちぞ》いのおけいの連れ子で朝助《ともすけ》という倅がおりまして、こいつが道楽者でしてね、博奕《ばくち》狂いなんで。十七、八で一端《いっぱし》の遊び人の真似をして帳場の金子を持ち出したことも再三だ。会所に相談が持ちかけられたこともございますよ。今から二年ほど前、会所立ち会いで勘当が決まり、吉原の出入りも禁じられております」

と仙右衛門が四郎兵衛に代わって説明した。

「このたびのこと、朝助が絡んでのことと申されますので」

「今、川崎宿に使いを出しました。まず朝助が一枚噛《か》んでいるとみたほうがいい。

ともかく、青太郎旦那は朝助の勘当の一件から金子の隠し場所を変えたというのがもっぱら揚屋町筋の噂でしてね、いくら祝海老の跡地を掘り起こしても小銭一枚出てきませんよ。それが証しに青太郎旦那は跡地掘り起こしの願いも出さず、川崎宿に引っ込んだ。老後の金を懐に入れて吉原をあとにしたと考えるのが至当《しとう》だ」

と仙右衛門が言い切った。

「むぐらの勢蔵は最初からただ働きでしたか」

幹次郎はそう答えながらも昨夜の勢蔵の落ち着きぶりが気になった。

「まあ、こっちはそう根が深い話ではなさそうです」

四郎兵衛が言い、

「それにしても昨夜《ゆうべ》から神守様は大いなるご活躍でしたな」

と改めて労った。

牡丹屋の台所からすでに酒に酔ったか、甚吉の甲高い声が響いてきた。

「ちとお願いの筋がございます」

「なんですな」

「年明け早々に吉原の整地作業が始まりますが、七代目のお力でその一員に甚吉を加えてくれますまいか。外茶屋の仕事をなくした上に赤子が生まれるそうで、今朝もうちにそのことで相談に参ったのです」

「そんなことでしたか」

と応じた四郎兵衛が、

「だが、神守様、甚吉さんは歳もいっている。力仕事の真似はちょいと無理ですよ」

「甚吉はどんな仕事も厭わぬと申しております」

「神守様、それより慣れた男衆の仕事がなくもございません」

「そんな仕事がございますので」

「玉藻《たまも》が浅草寺門前並木町に料理茶屋山口巴屋《やまぐちともえや》を近々店開きします。三浦屋の仮宅近くですよ。甚吉さんを男衆として雇うように命じておきます」

玉藻は四郎兵衛の娘で吉原会所に隣接した七軒茶屋の筆頭山口巴屋を切り盛りしていた。だが、こたびの火事で山口巴屋も焼失し、仕事をなくしていた。吉原が再建されるまで町中で料理茶屋を営業するつもりのようだ。なにしろ山口巴屋の馴染は江戸の通人、粋人など分限者が多い。それだけに料理茶屋だけでも盛業間違いなしと思えた。

「明日にも並木町に玉藻を訪ねなさい、手配りしておきます」

「助かりました」

と幹次郎が頭を下げたとき、台所から大鼾《おおいびき》が聞こえてきた。昼酒に酔い食らった甚吉が眠り込んだようだ。

「子供が生まれるというにちと緊張が足りませぬな」

四郎兵衛らの手前苦々しく呟くと、

「本日は許してやりなされ、なんといっても花蕾の一件に目処《めど》をつけてくれたのは甚吉さんですからな」

と四郎兵衛が鷹揚《おうよう》に笑った。

雪がさらに激しくなった。もはや隅田川を船で渡ることはできず、橋の上を徒歩で行くことすら危険な様相で、さすがに仮宅にも客は来るまいとの判断で見廻りは中止になった。

幹次郎は甚吉に明日の朝、長屋をもう一度訪ねてくるように厳しく命じて、雪の土手八丁で別れた。そして、独りになった幹次郎が雪に抗《こう》して向かったのは馬喰町の一膳めし屋だ。身代《みが》わりの左吉《さきち》を訪ねようと考えてのことだ。

すでに雪は四、五寸（約十二～十五センチ）降り積もっていた。

馬喰町まで難儀したがなんとか行き着いた。すると果たして左吉が表に降る雪を見ながら酒を呑んでいた。

「おやまあ、笠に綿帽子《わたぼうし》を載せ、蓑《みの》姿の風流人が浅草田圃から舞い込んでこられましたよ」

と左吉が笑い、奥へと、

「小僧さん、熱燗《あつかん》を急ぎ持ってきな」

と命じた。

幹次郎は店の前で一文字笠の雪を払い、蓑を脱いだ。

「まずは一杯」

「有難い」

幹次郎は左吉が注《つ》いでくれた猪口《ちょこ》の酒を、
くいっ
と呑んだ。

「生き返りました」

「酔狂《すいきょう》な雪見酒はおれ独りかと思ってましたが、これでお仲間ができました」

顔見知りの小僧の竹松《たけまつ》が熱燗と茶碗を運んできた。

「神守様、小さい猪口じゃだめですよ。馬方のようにさ、茶碗酒でぐっと景気をつけなきゃあ温まりませんよ」

と茶碗にたっぷりと注いでくれた。

「頂戴しよう」

竹松の言葉通りに熱燗の酒を胃の腑《ふ》に落としてほんとうに一息ついた。

「神守様とは吉原炎上の夜以来にございましたな。なんぞ急用ですかえ」

「また左吉さんの知恵を借りたい話を持ち込みます、風流でもなんでもない用件です。申し訳ござらん」

幹次郎は素直に詫《わ》びた。

「退屈していますのさ、なんでございますな」

幹次郎は三扇楼の花蕾太夫の行方知れずの一件を左吉に話した。

「あの騒ぎの中、そんなことが出来《しゅったい》していましたか」

と応じた左吉はしばし片手に猪口を持って思案した。

身代わりという異名を取る左吉の商売は世にも不思議なものだ。

江戸で名代《なだい》の豪商が町奉行所の定法《じょうほう》に触れて、番頭ひとりを何月か伝馬町《てんまちょう》の牢屋敷《ろうやしき》に繋がれねばならないような羽目に陥ったとき、相当の報酬を約定されて身代わりに立つのだ。むろん町奉行所も承知の話で、当の店からそれなりの鼻《はな》薬《ぐすり》が届けられてのことだ。

そんな奇妙な商いで身を立てる左吉は江戸の闇社会に通暁《つうぎょう》していた。

「肘下まで倶利伽羅紋紋《くりからもんもん》を入れたそうざ兄いね、こやつなら一日二日もあれば突き止められそうだ。もっとも江戸にいた場合ですがね」

となんとなく心当たりがあるのかそう答えた。

「雪の中、来た甲斐がありました」

「神守様、この一件、田沼一派の残党の仕業ですかえ」

火事の経緯を承知なだけに左吉の勘は鋭かった。

「会所ではそれを気にしておられる」

「仮宅商いで商売繁盛というのに吉原会所は一難去ってまた一難ですかえ」

「そんなところです」

一膳めし屋の前に空駕籠《からかご》が投げ出されるように置かれて駕籠舁《か》きが転がり込んできた。

「小僧、酒だ。熱燗を二、三本、持ってこい」

「松さん、留さん、駄目だよ。雪塗れで店に入ってこないでよ。そうじゃなくてもさ、うちは親方がどんなときだって戸を締めさせてくれないんだからね。お客さんが寒くて迷惑するじゃないか」

「小僧、客だと」

と眉毛まで雪に塗れさせた駕籠舁きが店を見回し、

「なんだ、身代わりの旦那と会所の用心棒侍じゃねえか」

と左吉も幹次郎のことも承知か、そう言いながら、土間に置かれた火鉢を脛《すね》むき出しの体で跨《また》ぎ、

「ふうっ」

と大きな息を吐いた。

「景気はどうだ」

左吉の問いに松さんと竹松に呼ばれた駕籠舁きが、

「吉原の火が消えてよ、今ひとつ景気が悪いぜ。裏同心の旦那もさっぱりだな」

幹次郎が苦笑いし、左吉が訊いた。

「仮宅のほうは景気がよかろう」

「身代わりの、安直な遊びができるってんでふだん吉原に通えない連中が銭握り

しめて駆け込むところだ。駕籠になぞ乗るものか」

と松公が憮然として言った。

三

幹次郎は左吉を相手に二合ばかりの酒を呑み、

「左吉どの、こちらに泊まるようになってもいかぬ。今宵はこれで失礼致す」

と立ち上がろうとすると、

「この店ならば客はなし、徹宵《てつしょう》して呑むもよし小上がりにごろりと横になるもよし、気にすることもありませんよ」

「そこが宮仕《みやづか》えの辛《つら》いところでしてな。それにうちには角《つの》を隠した女房どのが待っておられる」

「汀女先生はできたご新造《しんぞ》様だ。相手が身代わりの左吉とは野暮《やぼ》の骨頂《こっちょう》だが、雪見酒と洒落《しゃれ》て一夜を明かしたと申されれば許してくだされましょう。じゃが、根が真面目な神守様はそれでは落ち着きなさるまい、行きなされ」

と辞去を許してくれた。すでに駕籠舁きのふたりは茶碗酒を二杯ほどひと息に

呑み干し、

「相棒、仕事にならねえや、長屋に帰るぜ」

と銭を投げ出し店から出ていた。

幹次郎は一文字笠を被り、蓑を着て、今や尺余《しやくよ》（三十センチ以上）に積もった雪道に踏み出した。

馬喰町から浅草御門までわずか四丁（約四百四十メートル）余りを進むのにも時がかかり、難渋《なんじゆう》した。いつもは江戸に公事《くじ》で上がってきた在の者が多く集まる旅籠町だが、表戸を閉ざし、潜り戸だけが開いて、中から雪道に灯りが寂しげに漏れていた。

暮れ六つ（午後六時）過ぎというのに通りに人の往来はほとんどない。

幹次郎は体を屈《かが》めて片手で笠の縁を摑み、前進した。

ようやく浅草橋を渡ろうとすると大川の方角から神田川沿いに、
ぴゅっ
と雪を交えた寒風が吹きつけてきた。

幹次郎は橋を渡ったところで、浅草橋際のお店の軒下を借りてしばし息を整えた。すると軒下のあちらこちらに何人もの仲間がいて、

「会所のお侍、ひでえ降りになったな」

と声がかかった。最前一膳めし屋で会った駕籠舁きの松公だ。

「雪宿りか」

「空の駕籠がこんなに重いとは思わなかったぜ。却って客を乗せていたほうが重しになっていいや。もっともその客も見当たらねえ」

相棒の留公がぼやいた。

「そなたら、長屋はどこだ」

「駒形町《こまがたちょう》裏だ」

幹次郎と同じ方角だ。

「こちらも四丁ばかり来るのに難儀した。まだ長屋まではあるぞ、駕籠を預けるところはないのか」

「駕籠はわっしらの飯のタネだ。いくら大雪だといえ放り出していくこともできめえ」

「いかにもさようだな」

「浅草田圃の四郎兵衛会所に戻るのか、お侍はよ」

「ただ今会所も仮宅でな、今戸橋際の船宿だ」

「同じ方向だな、雪が小降りになったら、一緒に押し出すか」

「よかろう、吹き飛ばされそうになったら手伝うぞ」

松公、留公と雪が小降りになるのを待ったが、小降りどころかますます酷《ひど》くなる勢いだ。軒下にいた何人かは背を丸めて吹雪のような本降りの中に飛び出していった。

幹次郎はなんとなく五体がぞくぞくする悪寒《おかん》を感じた。寒さのせいではない、だれかに見られているようなそんな感触だった。だが、それもいつしか消えた。

軒下に避難した連中はひとり去り、また新たにふたり連れが飛び込んできたりと顔ぶれが変わった。

「いくら待っても駄目だ、会所の旦那よ、行くかえ」

とうとう松公が痺《しび》れを切らした。

「よし、参ろう」

松公と留公はしっかりと草鞋《わらじ》の紐を締め直し、首に巻いた手拭《てぬぐ》いで頬被りをすると息杖《いきづえ》を摑んで軒下に置いていた空の商売道具を担いだ。

幹次郎が先頭に立ち、駕籠がそのあとに続いた。

「旦那、雪は今晩が峠《とうげ》だ、降りたいだけ降りやがれってんだ」

やけっぱちになった松公が叫び、一行は雪が吹きつけてくる北へと向かった。

半丁（約五十五メートル）行っては休み、また進んでは止まりの難行苦行だ。

それでも半刻《はんとき》（一時間）後には御蔵前通りを御米蔵の一番蔵付近まで進んできた。

御蔵前の名の由来の幕府御米蔵は、一番堀から八番堀に沿って大川右岸の川端に整然と並んでいた。諸国の所領地から集められる年貢《ねんぐ》を保管する蔵だ。一番蔵は最も北にある蔵で、御厩河岸ノ渡しに接してあった。

「ふえっ」

と駕籠舁きふたりが大事な道具を投げ出し、その陰で吹きつける雪を避けた。

「相棒、もう少しだ」

「あと半道《はんみち》（約二キロ）もあるぜ」

と言い合うが体が凍えたか、動こうとはしない。致し方なく幹次郎も空駕籠の傍らで足を止めた。

そのとき、御厩河岸ノ渡し場の方角から人影がぱらぱらと飛び出してきた。

幹次郎が横殴りの雪を透かし見ると、ひとりはむぐらの勢蔵だった。

「おや、そなたとは連夜会うな」

「会所の用心棒、余計なことをしてくれましたな」

焼け跡の地下蔵から金子を盗み出そうとした悪党だが言葉遣いだけは丁寧だった。

「むぐらの勢蔵、それがしは務めでしているのでな、恨みめさるな」

「こちとらは妓楼の持ち主の許しを得て火事場に入ったんですよ、だれに気兼ねがいるものですか」

「勢蔵、そなたらが隠し金を持ち出そうとしたのは揚屋町の祝海老だそうだな。祝海老は火事のあと、見世の再建を諦めたのだ。仮宅願いも出してはおらぬ、旦那の青太郎さんは川崎宿に隠居されたと聞いたが、そなた、だれの許しを得たな」

「おれだ」

とむぐらの勢蔵に同行していた遊び人風の丸っこい体が叫んだ。

「そなたは」

「祝海老の跡取り、朝助だ」

「おや、そなたは青太郎さんに勘当を受けた身ではないのか」

「吐《ぬ》かしやがれ。火事で焼け出され、弱気になった青太郎がおれに祝海老の建て直しを願ったんだよ。ということはおれが主人だ」

と朝助は養父を呼び捨てにした。

「朝助、世の中、そう容易《たやす》くは通らぬぞ。祝海老を再建致すのなら吉原会所にその旨挨拶と届けがあってしかるべきであろう。最前、四郎兵衛様はそのようなことはひと言も申されなかった」

「煩《うる》せえ」

と朝助が怒鳴り、

「ところでそなたら何用だ」

と幹次郎が勢蔵に糺《ただ》した。

「朝助さんがおまえさんにどうしても文句があるそうでしてな」

「やめておかないか。自滅することになるぞ」

「そうですかねえ」

むぐらの勢蔵は肚《はら》が据わっているのか、悪党にしては考えが甘いのか、平然と答えた。

「考えてもみよ、朝助の義理の親父の青太郎はなかなかの吝嗇《りんしょく》と申すぞ。その男が火事場に隠し金を残して川崎宿へ引っ込むと思うか」

「それもそうですな」

と勢蔵があっさりと答え、朝助が、

「馬鹿野郎、あの火事んときよ、青太郎はがたがた震えて自分の身もままならなかったんだよ。それをおれのお袋が負ぶって廓外へ連れ出したんだ。隠し金を持ち出す余裕などなかったと、お袋がはっきりとおれに言ったんだ。朝助、揚屋町の地中に残った小判はおまえのものだってな」

「ほう、あの晩、そなた、吉原にいたか。大門内は出入り禁止と聞いたがな」

「客に化ければ大門くらい押し通れるぜ」

その返答に呆《あき》れた幹次郎が、

「むぐらの勢蔵、事情は分かったろう、このまま江戸を立ち去らぬか。さすれば見逃してやろう」

「行きがかりでね、そうもいきませんのさ。こっちにも都合がございましてねえ」

勢蔵のふたり目の連れは六尺（約百八十二センチ）豊かな巨漢侍だった。どこかの道場の師範でも務めていた、そんな風情だ。

その連れが焦《じ》れたようにもぞもぞと動き、刀の柄に手を掛けた。幹次郎が、

「むぐらの勢蔵、火事の夜、祝海老の地下蔵に青太郎が貯め込んできた小判は一

枚もなかったのだ」

「そんな馬鹿な」

「いや、真《まこと》だ。この朝助を勘当したとき、青太郎は早晩朝助がなんぞ悪さを仕掛けてくると考え、後生大事に貯め込んだ金子を別の場所に移したのだ。それが火事の折り、地下蔵に下りることなく廓外に逃げ出した理由だ」

「なんとそのようなことがありましょうか」

とようやく驚いた勢蔵が朝助を見た。

「お袋が青太郎の全財産は吉原の地下蔵に眠っていると倅のおれに言ったんだよ！」

と叫ぶと懐手を抜いた。

吹雪に刃物が煌《きら》めいた。

幹次郎は鼻先に立てられた松公の息杖を、

「借り受けた」

と摑むと飛び込んできた朝助の鳩尾《みぞおち》に先端を突っ込んだ。

くうっ
という声を残して朝助がくたくたと崩れ落ちた。次の瞬間、いらいらしていた巨漢の武芸者が抜き打ちを見舞ってきた。

幹次郎は朝助に突き出した息杖を上段へと振り上げつつ、

ちぇーすと！

と薩摩示現流特有の気合い声を発し、相手の額へと振り下ろした。

故郷の豊後岡藩の城下を流れる河原で鍛え上げられた示現流の足腰と腕力から繰り出された息杖だ。吹雪をふたつに裂いて相手の額を、

がつん

という音を響かせて打った。

どさり

と巨漢が頽《くずお》れた。それを見たむぐらの勢蔵がその場から逃げ出そうとした。

「今更《いまさら》じたばたしても遅いぞ、勢蔵」

幹次郎の叱咤《しった》の声に勢蔵の足が止まった。

「ど、どうする気で」

「どうもこうもあるものか。こうなれば吉原会所にそなたらを連れ込むしかあるまいて」

と幹次郎が駕籠の傍で呆然と騒ぎを見ていた駕籠舁きふたりに言った。

「酒代は弾《はず》む。この大男を駕籠に乗せて今戸橋際まで運んでくれぬか」

へっ、へい、と答えた松公が、

「朝助って野郎はどうするんで」

「それがしが担いでいこう。むぐらの勢蔵は自前の足で歩いていかせる」

「逃げねえか」

と松公が案じた。

「逃げようなどと考えた瞬間、むぐらは胴から首が離れることになる。それがし、これでも眼志流の居合を修行した身でな」

と言うと息杖を松公に返し、朝助の手から匕首を摑み取ると丸っこい体を、
ひょい
と肩に担ぎ上げた。

「驚いたねえ、会所の用心棒は」

「相棒、それよりこやつは重いぜ。駕籠を横にやってよ、畳んだ体を駕籠ん中に押し込もう」

「ほいきた」

松公と留公が苦労して巨漢の武芸者の体を駕籠に押し込み、

「会所のお侍、今戸橋まで雪の道行だ」

と気取った。

「むぐらの勢蔵、それがしの前を歩け」

勢蔵はどことなく観念した風で吹雪に抗して歩き出した。

浅草御蔵前通りから山谷堀の今戸橋際までおよそ半里、一刻半（三時間）の厳しい道中だった。

牡丹屋に着くと戸口は下ろされていて、傍らに勢蔵を引き据えて幹次郎が戸を、

どんどん

と叩くと、

「だれですねえ」

と誰何の声がして潜り戸が開かれた。

戸を押し開いたのは宗吉だ。その若い衆が雪だるまの一行を見て、驚きの余り言葉も出ないらしく立ち竦んだ。

「どうした、宗吉」

と長吉が問う声がして、小頭が顔を覗かせ、

「な、なんだ。雪の化け物か」

「長吉どの、神守幹次郎にござる」

ようように吐き出した幹次郎の声は凍えていた。

「た、大変だ。大戸を開けるんだ」

という長吉の叫び声に船宿牡丹屋は騒然となった。

幹次郎らは雪がこびりついた体に叩《はた》きをかけられ、数人がかりで雪が払い落とされ、ようやく土間に入れられた。すでに騒ぎに七代目の四郎兵衛も番方の仙右衛門も姿を見せていた。

「どうなされた、神守様」

幹次郎は答えようとしたが、寒い場所から火のある土間に入り一気に気温が変わったせいか、歯ががちがちと鳴って直《す》ぐに答えられない。ようやく、

「し、七代目、む、むぐらの勢蔵と祝海老の、せ、倅の朝助にござる」

と声を絞り出した。

「分かりましたよ。まずは神守様、湯に入って体を温めてください」

と番方の仙右衛門が指図《さしず》した。

「ならば駕籠舁きのふたりも一緒させてくれぬか。このふたりがいたればこそ、勢蔵ら三人を運んでこられたのだ」

「それはご苦労でしたな。まず神守様方は湯だ、残りの悪党はわっしらにお任せを」

とてきぱきと仙右衛門が場を取り仕切った。

「ふうっ」

船宿は客商売だ。吉原会所と繋がりを持つ牡丹屋の内湯はなかなか立派で、三人が湯船に浸かってもまだ余裕があった。

「生き返ったぜ、相棒」

「地獄のあとは極楽だぜ。船宿の湯なんぞに入ったことはあるめえ」

「おめえはあるか」

「ねえな。町内の湯がせいぜいだ」

「馬喰町の酒なんぞあの雪ですっかり醒《さ》めちゃったよ。これで酒があるとなおいいがねえ」

「贅沢《ぜいたく》言うねえ、相棒」

幹次郎らは四半刻ほど湯に浸かり、ようやく人心地がついた。

脱衣場には浴衣《ゆかた》やどてらが用意されていて、

「おっ、今晩はここに泊まりかねえ。これで帰れって追い出された日にゃ湯がなんのためか、目も当てられないぜ」

と松公が期待半ばの顔で言った。

三人が牡丹屋の居間に行くと、すでに酒が用意されていた。

「雪だるまが松三郎《まつさぶろう》さん、留次《とめじ》さんとは思わなかったぜ。今晩ご苦労をかけた分、存分に呑んで食っていきねえ」

と番方の仙右衛門が湯上がりの駕籠舁きを改めて見て、馴染の顔と気づき言った。

「番方、いいのかえ、馳走になって」

「その代わり手酌《てじゃく》だよ」

「手酌は慣れていらあ、却ってそれがいい」

ふたりが熱燗の酒を茶碗に注ぎ合い、

「お侍、呑まないのかえ」

と幹次郎を案じた。

「ふたりで先に呑んでいてくれぬか」

と幹次郎はふたりに言うと、

「番方、むぐらの勢蔵はどうしてますな」

と訊いた。

「勢蔵は白湯をもらって人心地ついたか、悠然としてますがねえ、祝海老の馬鹿息子の朝助の様子がちょいとおかしいので」

「おかしいとはどういうことです。死ぬほど突いたわけではないが」

「いえ、野郎は至って元気ですよ。ただね、昨夜の一件を問い質《ただ》すと、死に際にお袋が言ったんだ、祝海老の土中には間違いなく金が隠してあると、そう言い張っているんで」

「お袋が死んだとは、どういうことかな」

「そいつを問い質すと急に口を噤《つぐ》んでしまったんで」

幹次郎と仙右衛門が顔を見合わせた。

四

幹次郎は二日続けて足田甚吉の襲来を受けた。

「幹やん、起きてくれ。山口巴屋におれを伴《ともの》うてくれ。一家の口が干上がるぞ」

甚吉の声に深い眠りから強引に起こされた。瞼《まぶた》を開けると台所の格子窓からきらきらとした光が差し込んでいた。

昨夜、吉原会所が設けられた船宿牡丹屋から仮住まい長屋に戻るときには、一昼夜降り続いた吹雪もやんでいた。どうやら日差しが戻ってきたようだ。

幹次郎は寝床に半身を起こした。

「幹どの、山口巴屋を訪ねるにはまだ刻限が早いと言い聞かせたのですが、甚吉どのは待ち切れないのです」

と汀女が困惑の体を見せた。

「姉様、甚吉は今来たのではないのか」

「半刻前からおいででした」

「呆れたな。何刻であろうか」

幹次郎は陽の具合を改めて確かめた。だが、直ぐに刻限まで思い浮かばなかった。

「そろそろ四つ（午前十時）の頃合と思えます」

「なにっ、四つか。甚吉がいらいらするはずだ」

「幹どのは連夜御用で遅かったのです、致し方ございません」

と汀女が幹次郎の体を案じる顔で言い、甚吉も、

「幹やん、おれと別れてからひと仕事したそうだな」

と言った。

「馬喰町まで往復した。その上、帰り道で騒ぎがあったでな、御米蔵からえらく難渋したぞ」

と、ざっと昨夜の雪中の騒ぎを話して聞かせた。

「あれ、牡丹屋さんで風呂をもらったと申されたで、ただ湯に浸かっただけかと思うておりました」

と汀女が驚きの顔を見せた。

幹次郎は汀女が心配すると思い、牡丹屋で着物を借りねばならなかった曰《いわ》くを詳《くわ》しくは話さなかったのだ。

「なにしろ吹雪の中で朝助を肩に担ぎ、それがしの前をむぐらの勢蔵がよろよろ歩き、後ろからは駕籠舁きの松三郎と留次がこれも雪塗れで大男を乗せた駕籠を担いで進むのだ。御米蔵から牡丹屋まで一刻半はたっぷりかかったろう」

「ようも生きて辿りついたな。無茶だぞ、呆れた」

と甚吉が板の間の火鉢の傍から応じ、

「まさかあの後、そのような真似をしていようとはおれも知らなんだぞ」

と言い足した。

「それがしはそれがしで、そなたの身を案じておったわ。牡丹屋で酒に酔い食らい、帰り道の足取りもよろよろしていたからな、土手八丁で凍死《とうし》でもしなかったかと心配した」

「おはつと腹の赤子を残して死ねるものか。おお、そうだ、幹やん、仕度せえ、山口巴屋におれを連れていってくれ」

と甚吉がまたせっついた。

「まあ、朝餉くらい食べさせよ。そなたも相伴《しょうばん》するか」

「昨日な、おはつにその歳で二度も朝飯を食べる馬鹿がおりますかと、こっぴどく叱られたぞ。今朝はよい。それより姉様、幹やんに早う飯を食べさせてくれ」

「はいはい」

と汀女がすでに用意されていた膳に味噌汁を温め直しながら、ふたりに茶を淹《い》れてくれた。

「姉様、山口巴屋では浅草寺門前で料理茶屋を店開きするそうだな」

「火事のすぐあとに決まっていたようですが、茶屋の造作に時間がかかったようです。甚吉どのもよいところに職が見つかりました。山口巴屋の男衆なればこの時節文句のつけようもございますまい」

とあっさりと汀女が答えたものだ。

「いかにもさようだ。甚吉も歳だ、左官や鳶《とび》の下働きは力仕事だからな、もう無理だ」

「幹やん、姉様、おはつにも言われた。なんとしても仕事にしくじらないでください と何度も出がけに念を押されたぞ」

「甚吉のところも女房どのがしっかりとしておるな」

「まあ、姉様ほどではないがな」

と今朝はさっぱりと髭《ひげ》をあたってきたらしい甚吉が顎《あご》を撫でた。

「幹どの、吉原を追われた妓楼もこの五百日が勝負でしょうが、引手茶屋もなんとしても生き残らねばなりません。山口巴屋様のような大店《おおだな》は余裕でしょうが、どこも大変なご苦労のようですよ」

「であろうな」

「幹やん、姉様、うちの旦那なんぞは火事の日以来、ずっとぼやき通しだぞ。なんぞ仕事がないかと顔を出しても自分たちが暮らすのに手いっぱいで、奉公人にまで目が届かんようだ。近ごろでは番頭となんぞ食い物屋でもやろうかと思案しておるわ」

「相模屋にかぎるまい。まずはこの年の瀬を無事乗り切ることだ」

幹次郎の言葉に汀女と甚吉が大きく首肯《しゅこう》した。

山口巴屋が料理茶屋を店開きしようという場所は、浅草寺門前並木町の角地にあった。

元々魚河岸の問屋筋の旦那が妾《めかけ》に水茶屋を出させたところで、結局長続きせずこの二年は空屋《あきや》になっていたとか。

玉藻は前々からこの家を承知していたらしく、火事騒ぎの翌日には逸早《いちはや》く持ち主と話をつけていた。

七軒茶屋の筆頭の女将ならではの早業と手腕だ。むろん玉藻の背後には父親の四郎兵衛が控えているのだ。事が迅速に進んだ理由であった。

だが、水茶屋を料理茶屋に改装し、荒れた庭の手入れをするのに日数を要した。なにしろ吉原炎上のあとのことだ。浅草界隈の大工、左官に一斉に声がかかり、腕のいい親方、職人は引っ張りだこで手当てがつかなかったのだ。

幹次郎と甚吉は、雪道を新規に開店する山口巴屋の前まで来て、立派な佇まいにまず驚かされた。

敷地を囲んで幅二尺（約六十一センチ）ほどの疎水《そすい》が掘り巡らされ、その内側には土が盛られて植え込みがぐるりと取り巻いていた。敷地の東側に藁葺《わらぶ》き屋根の小体《こてい》な門があって、飛び石が入り口まで延びていた。

「幹やん、これは大料亭じゃな」

「考えた以上に立派じゃが、元々吉原の山口巴屋様の客筋がよいでな、これくらいにせぬと通人、粋人の馴染が満足しまい」

「幹やん、裏口はないか」

甚吉が表門から入ることを躊躇《ためら》った。

「そうじゃな、奉公人が出入りする裏口に回ってみるか」

と幹次郎が答えたところに背から女の声がした。振り向くと玉藻が雪下駄を履いて、背に竹籠《たけかご》を負った花売り女を伴い、立っていた。竹籠には花ばかりか梅や寒椿《かんつばき》や猫柳《ねこやなぎ》など枝ものも入っていた。

「玉藻様、お久しぶりにございました。多忙のご様子ですがお元気でしょうな」

「私はすこぶる健《すこ》やかですよ。それより汀女先生が神守様の身を案じておられます。うちのお父つぁんが神守様を酷使《こくし》すると心配しておられるのです」

「酷使というほどのこともございませぬ。なにしろ焼け出されたあとの仮宅商い、それがしも初めてのことで、見廻りの範囲が何十倍にも増えて会所の皆様もご苦労しておるのです。それがし独りが苦労しているのではござらんでな」

「お父つぁんはいつも言ってますよ。神守様と汀女先生がおられてどれほど吉原は助かっているかってねえ」

と玉藻が嫣然《えんぜん》と目元を揺らし、次いで視線を甚吉に移した。

「甚吉さん、お父つぁんから話は聞いています」

「女将さん、こちらは相模屋と違い、大店だ。おれに務まるかどうか門前まできて不安になったところですよ」

と甚吉がいつになく弱気の返答をした。

「私どもも料理茶屋は初めてのこと、吉原から連れてきた女衆も男衆も手探りです。まあ、なんぞ分からなければ、番頭の君蔵《きみぞう》か、女中頭のおかつに訊けばよいでしょう」

「女将さん、働かせてもらえるんで」

「神守様のお頼みを断われるものですか」

と笑った玉藻に幹次郎が訊いた。

「開店はいつにございますな」

「年内に店開きができればよいかと暢気《のんき》にしておりましたら、お馴染のお客様からやいのやいのの催促《さいそく》で、このように慌てて花屋さんに頼みに参ったところです。明後日《あさって》には店開きを致します」

と答えた玉藻が、

「神守様、中を見ていかれますか」

と尋ねた。

「店開き前に見せていただけるとは姉様が羨《うらや》ましがろう」

と幹次郎が答えると、玉藻が謎めいた笑みを浮かべ、

「ささ、どうぞ」

と藁葺きの鄙《ひな》びた門の中にふたりを招《しょう》じ入れた。するとおかつが、

「女将さん、お帰りなさい」

と出迎えた。

姉さん被りのおかつはたすき掛けで張り切っていた。

「おかつ、そなたも承知ですね、相模屋の男衆の甚吉さんです。仮宅が明けるま

でうちで働いてもらうことになりました。君蔵と一緒に仕事を教えてあげなさい」

と命じると、おかつが甚吉の様子をじろりと見て、

「おはつさんと一緒になったってね、家族のために精出しなされ。うちは相模屋さんより厳しいですよ」

と険《けわ》しい口調で言った。

「へえっ、承知しています。なんぞ手伝うことがあれば直ぐにも命じてください」

「そうだね、話を聞くより体を動かすほうが、早く仕事が呑みこめるかもしれないね」

と甚吉を店の裏へと連れていこうとした。

甚吉が幹次郎の顔をちらりと窺った。

「甚吉、よいな、分からぬことがあればご一統様に訊くのだ。独り合点して動くのではないぞ。おかつさんが言われるように、生まれてくる赤子のため、おはつさんのために気張れ」

甚吉が頷いて、

「おかつさん、お願い申します」

と改めて頭を下げた。それを見たおかつが満足そうに頷き、ふたりして店先から姿を消した。花籠を担いだ女も裏口に回った。

「ささっ、どうぞ」

「客でもないのに表から上がってようござろうか」

幹次郎は間口二間（約三・六メートル）の土間に立ち、客を迎え入れる小座敷の正面の紅殻《べんがら》の塗り壁を見た。そこに女文字の書が飾られていた。

「淡ゆきや　幾筋きえても　もとの道」

うーむ
と幹次郎は書体に目を留めた。

かな文字は墨の濃淡の具合といい、漢字が醸し出す絵のような雰囲気といい、端正にして大らかだった。そして、かすれた文字と文字の行間から艶《つや》めいた官能が漂った。

幹次郎は書から離れて眺めた。すると文字は朦朧《もうろう》とした春景色を思わせ、観る人の気持ちを和ませた。

「お分かりですね」

「加賀千代女《かがのちよじょ》どのの句でしたか」

「いかにもさようです。料理茶屋の入り口に飾るにはちと不釣り合いかもしれませぬが、書が気に入って飾りました」

「手跡《て》は姉様のように思えるが」

玉藻がにっこりと笑った。

「神守様、この料理茶屋山口巴屋に手を加えるに当たり汀女先生に諸々ご相談申し上げました。この書も私が汀女先生に願って何枚も書いてもらったひとつです」

「驚いた、姉様がかようにも動いていたとは」

幹次郎と汀女は火事のあと、ともに過ごす時間がないほど忙しい毎日を過ごしていた。まさか汀女が料理茶屋山口巴屋の開店に一役かっていようとは夢想だにしなかった幹次郎だ。

「ささっ、中へ」

料理茶屋山口巴屋は一階に二部屋と離れ屋一室、二階に三部屋とさほど大きなものではなかったが、そのどこにも贅《ぜい》と工夫が尽くされ、あちらこちらにさり気なく汀女の書画が飾られてあった。

「驚きました」

茶屋を見物したあとも幹次郎の驚きは続いていた。

「神守様、汀女先生の書を江戸の人に知ってもらうよい機会になりますよ」

「江戸には数多《あまた》の書家がおられよう。姉様の書でよいのであろうか」

「案じなさるな。これでも吉原の七軒茶屋の女主です、書画骨董《しょがこっとう》を鑑定する眼はございます、幹どの」

と汀女の口真似をした玉藻が笑った。そのとき、最前見せた謎めいた笑いは汀女のことだったかと幹次郎は悟った。

幹次郎が牡丹屋に戻ると土間に緊張があった。

「おお、よいところに戻られた」

板の間にどっかりと座った四郎兵衛が幹次郎を目敏《めざと》く見つけて言った。七代目の前に旅仕度の若い衆の新三郎《しんざぶろう》と金次《きんじ》が控えていた。

「川崎宿に使いに出したふたりが最前戻ってきたところでしてねえ、驚きましたよ」

「なにがございました」

「新三郎、神守様に今一度話せ」

へえっ、と畏まった新三郎が、

「神守様、川崎宿外れの祝海老の隠居所を訪ねますと、なんと青太郎とおけいの夫婦が寝間《ねま》で死んでおりましてね、死後何日か過ぎた様子でございました。わっしらは慌てて川崎宿の番屋に届けたり、届けたわっしらが怪しまれて調べられたりと散々な目に遭いましたよ。だが、その後の調べでおけいの連れ子の朝助が義理の父親の青太郎とおけいに金子をせびりに行って喧嘩《あか》になり、まず青太郎を刃物で突き殺し、その後、実の母親を殴る蹴るして金の在り処を問い質そうとした末に殺したっていうことが分かりました」

「なんということを」

と答えた幹次郎は、

「親殺しは朝助独りの仕業かな、それともむぐらの勢蔵一味が加わっておる様子があったかな」

と尋ねた。

新三郎と金次が同時に首を横に振った。

「川崎の宿役人も独りの仕業と判断しましたが、わっしらもそう見ました。部屋の荒され具合からまず大勢が入り込んだ様子はございません」

「朝助のばち当たりめが」

幹次郎が吐き捨てた。

「神守様、部屋じゅうが物色された跡がございました。そこで宿役人が家探《やさが》しましたが、大金はどこにもございませんでした」

「親殺しですよ、朝助の獄門《ごくもん》は間違いございません」

と四郎兵衛も憮然と応じたところに、
どどどっ
と町奉行所隠密廻り同心村崎季光《むらさきとしみつ》が御用聞き三ノ輪《みのわ》の寅次《とらじ》と手下を従えて牡丹屋の土間に飛び込んできて、土間の片隅に縛られていた朝助が恐怖に怯《おび》えた顔をした。

「なんと、雪の下に大金が埋もれていたとは」

四郎兵衛が揚屋町の祝海老の跡地から掘り出された青磁の壺に入った小判、一分金の山を見て絶句した。

朝助は養父、実母まで殺したが川崎宿ではふたりが貯め込んだ大金を見つけることができなかった。それが証しにむぐらの勢蔵一味らを加えて、吉原跡地の掘り起こしを行っている。だが、隠し金を見つけることはできなかった。

朝助、むぐらの勢蔵、雇われ剣客の三人が番屋に引かれていったあと、この顚《てん》末《まつ》が話題になった。

「七代目、朝助の実の母親は最期にほんとうのことを告げたのではございませぬか」

「苦しい息の下から隠し金の在り処は未だ吉原だと申したというのですか」

「連れ合いを刺殺した朝助ですが、おけいにとって腹を痛めた子に違いはない」

ふうっ

と四郎兵衛が大きな息を吐き、しばし沈思したあと、

「番方、祝海老の跡地を掘り起こそうか」

と決断した。

雪の下の凍土《とうど》を会所の若い衆が苦労して掘り起こし始め、一刻も過ぎたころ、青磁の蓋《ふた》に、

「祝海老青太郎蔵」

と墨書された壺が発見された。

勢蔵はどこからどこまでが祝海老の敷地だったかも突き止めることができず失敗していたのだった。

揚屋町の雪の上に広げられた筵《むしろ》に壺から埋蔵の小判、一分金などが広げられ勘定《かんじょう》された結果、

「八百七十三両二分と三朱《しゅ》」

に上った。

「七代目、一体全体、なぜ青太郎の旦那は川崎宿に隠居する折りにこの金子を持っていかなかったんで」

と番方の仙右衛門が訊いて、

「死人に口なしだ、番方」

「朝助が番屋に引かれたとなると、この大金だれのものなんで」

「青太郎には実子はなかったな」

「お上が召し上げますか」

「勘定方が喜ばれような」

とどことなく釈然《しゃくぜん》としない顔で四郎兵衛が答え、仙右衛門も曖昧な表情で日差しに煌めく金を見た。

折りからの冷たい風に降り積もった雪片がふわりと舞い上がった。

きらきらと　雪舞う小判　地獄かな

幹次郎は人の不思議な欲望にそんな五七五を想い浮かべた。

第三章　御咎小普請《おとがこぶしん》

一

この日、幹次郎は下谷山崎町《やまざきちょう》の香取神道流《かとりしんとうりゅう》津島傳兵衛《つしまでんべえ》道場の朝稽古《げいこ》に行った。人喰い猿を伴った菊水三郎丸ら三人が津島道場を一連の騒ぎに巻き込み、吉原炎上の災難もあって、久しぶりの道場訪問だ。

「おおっ、神守どの、お久しぶりかな」

と師範の花村栄三郎《はなむらえいざぶろう》が幹次郎を迎えた。

「師範、ご無沙汰しております。菊水丸ら三人に吉原を燃やされて、それがしのお役目果たし得ずなんとも面目次第もないことでした。そのうえ、仮宅の見廻りに走り回り、こちらに顔を出すことが叶いませんでした」

「津島先生もわれらも、そなたの身を案じておったぞ」

ふたりの周りに親しい門弟らが集まってきた。

「神守様、先生の使いで吉原会所を訪ねましたよ」

若い門弟の重田勝也《しげたかつや》が言い出した。

「神守様は市中に散った仮宅の見廻りに行かれておりましたので、四郎兵衛どのにお会いして神守様の近況をお聞きして先生にご報告致しました」

「そのようなことがございましたので。全く存じませんでした」

「四郎兵衛どのがその折り申されておりました。神守様が吉原会所におられたゆえ吉原は最悪の事態を免《まぬが》れた。吉原と会所は神守幹次郎と申す御仁《ごじん》にいくら感謝してもし足りませんとね」

「七代目がそんなことを」

幹次郎は驚いた。

「神守どの、勝也め、その折り、七代目になんぞ吉原に御用の節はひと声四郎兵衛にかけてくだされ、どのような好みの花魁でも都合致しますとかなんとか言われたと舞い上がっておりましてな。近ごろ銭を貯めておる様子で、われらが呑みに誘ってても乗ってこんのだ」

花村が苦笑した。

「多忙に紛れ、ついお礼の挨拶を忘れておりました。あの折り、津島道場の方々に吉原警固の無理を願い、申し訳ございません」

と幹次郎が言うところに、津島傳兵衛が奥から現われて、

「いや、四郎兵衛どのの代理として玉藻さんと申される女性《にょしょう》が道場にお出《い》でになられ、四斗樽《しとだる》に多額の金子まで頂戴致し、恐縮しておるところです」

と傳兵衛が答えた。

「えっ、そのようなことがございましたので」

幹次郎は四郎兵衛と玉藻親子の迅速な気遣いに驚かされた。

「そこでな、師範らと話し合い、頂戴した金子で道場の修繕《しゅうぜん》を致すことに決めた。なにしろ床も軋《きし》みが激しくなり、あちこちと傷《いた》んでおるのでな、近々大工が入ることになりましたのじゃ」

「よい考えにございますな。門弟衆も喜ばれましょう」

「玉藻さんは四郎兵衛どのの娘御《むすめご》じゃそうな」

「はい。吉原の七軒茶屋の筆頭山口巴屋の女将にございますが、先の火事で山口巴屋も焼失致しました。そこで吉原が再建されるまで浅草寺門前に料理茶屋を開

かれたのでございます。開店早々のこともございましょうが、引手茶屋時代の馴染の客で賑わっておりますようで、玉藻様は忙しい日々を過ごしておられます」

首肯した傳兵衛が、

「昨日も文をいただき、津島道場ご一統様をお招きしたいと父が申しておりますので、都合のよき日をお考え願えませぬかとの丁重《ていちょう》なお招きをもらった」

「そうでしたか」

「話を聞くだにわれら武骨者が参るような料理茶屋ではないようだ。それにお礼は存分にいただいた。こたびのお招きは気持ちだけ有難く頂戴し、お断わりしようと思う」

傳兵衛の言葉を聞いた花村らがなんとなくがっかりしたような溜息を漏らした。

「なんだ、花村、そなた、参りたかったのか」

「先生、われら、かような機会は滅多にございませんからな」

と花村が正直な気持ちを吐露し、津島傳兵衛が苦笑いして、

「われらの本分は武術の稽古じゃぞ」

と朝稽古を宣告した。

幹次郎は花村師範から頼まれて、通いの門弟を相手に一刻ほど体をいじめ、汗

を流し切った。火事騒ぎ以来、立ち合い稽古をしていなかったせいで、稽古が終わったあと、爽やかな涼風が体の中を吹き抜けていくようで気持ちがよかった。

雪がまだ日陰に残る井戸端で門弟らが諸肌《もろはだ》脱ぎになって汗を拭い、談笑した。長閑《のどか》な時間がゆったりと流れていく。

「相変わらず神守幹次郎様の実戦剣法は手厳しい。われら、束《たば》になっても赤子扱いじゃぞ」

臼田小次郎《うすだこじろう》が朋輩の猪俣作兵衛《いのまたさくべえ》に言い出した。ふたりとも腕前は津島道場で中堅の門弟だ。

「小次郎、神守様は幾多の修羅場を潜ってこられた兵《つわもの》だ。われらと違うぞ」

「おお、それよ」

と小次郎が雪を掃《は》いた箒《ほうき》を手にして、

「吉原が炎上した夜明け、背に薄墨太夫を負ぶった神守様が遣われた技を覚えておろう」

と左手を背に回し、腰を沈めて中腰の構えになり、薄墨を負った体で箒を突き出した。

花村栄三郎、小次郎らは神守幹次郎の願いを入れて、吉原に危害を加えようとする菊水三郎丸らの企みを阻止せんと酉の市特別巡邏隊《じゅんらたい》を組織して警戒に当たったのだ。

「あの折り、神守様は刺客のひとり、鍬形精五郎が上段から振り下ろす刃《やいば》に自ら斬られに行くように立ち上がられた。そして、片手の刀を踏み込んでくる鍬形の喉元に伸ばされた。何気ない突きが懸河《けんが》の勢いの上段からの振り下ろしを凌《しの》いで、ぱあっ、と喉を突き破ったな、覚えておるか」

「覚えておるとも、小次郎。神守様が『蛙跳《かえると》び片手《かたて》突《つ》き』と呟かれた声が猛炎に乗って流れてきたぞ」

ふたりの門弟は真剣代わりの箒を手に幹次郎と鍬形精五郎との戦いを井戸端で再現した。

小次郎が、

「神守様、あの技はご流儀の伝承にございますか」

と訊いた。

「小次郎どの、咄嗟《とっさ》に出た技でそれがしの命名にござる。さる大名家の下士であったそれがし、道場で修行をした覚えはございません。ゆえに流儀の秘伝を伝授されたということもございませんでな」

「咄嗟の独創でしたか」

小次郎が感心し、作兵衛が、

「そこが修羅場剣法の恐ろしきところよ」

と自ら得心したように頷いたものだ。

幹次郎は下谷山崎町の帰りに料理茶屋山口巴屋に立ち寄った。朝から山口巴屋で落ち合おうという汀女との約定であった。

幹次郎は裏の通用口から敷地に入った。

昼餉《ひるげ》前の刻限であったが、料理茶屋の大きな台所ではすでに男衆、女衆が玉藻と料理人頭重吉《じゅうきち》の監督の下、下拵《したごしら》えを始めていた。

「お出でなされましたか」

と玉藻が目敏《めざと》く見つけて声をかけた。

「過日、玉藻様が津島道場に参られたとか」

「お父つぁんの御用でした」

「津島先生は大層な喜びようで、頂戴した金子で道場の修繕をすると申されておりました」

「お役に立ってようございました。武家方はどこも内証《ないしょう》が苦しゅうございますからね」

玉藻が納得したように頷き、言い足した。

「津島道場の建物もだいぶ年季が入り、風雪に耐え忍《しの》んできた感じがございますものね」

「床など若い門弟衆が飛び跳ねますとぎしぎしと音がして沈みます。勢い余って床板を踏み抜く門人もございます」

「おやおや」

玉藻が笑い、

「汀女先生は帳場におられますよ。今、昼御膳を用意させます。奉公人と同じ賄《まかな》いですよ。それでよいですか」

「かたじけない」

幹次郎は台所の板の間を抜けて帳場に入った。すると汀女が筆を手に思案をしていた。膝の前に敷かれた毛氈《もうせん》の上に楮《こうぞ》を漉《す》いた雁皮紙《がんぴし》や奉書紙《ほうしょがみ》、それに絵具や皿などが散っていた。

「姉様、なんぞ手伝いか」

「今宵の料理のお品書きですよ、幹どの」

「ほう、料理茶屋になるとお品書きが席に出るのか」

「玉藻様はお客様があらかじめ、その夜の料理を知っておられればさらに興趣《きょうしゅ》が湧くのではと考えられたのです」

汀女が一枚の雁皮紙を見せた。

一の膳、二の膳、三の膳の料理がそれぞれ巧妙に描かれ、その余白に料理の名が書かれてあった。

「姉様、絵心まであったか」

「玉藻様に勧められて描いてみましたが、素人絵でお客様に供《きょう》するには恥ずかしい出来です」

淡彩《たんさい》の絵ながらそれぞれの旬の料理が生き生きと描かれていた。

「そうでもないぞ。客人も喜ばれよう」

幹次郎が応じたとき、玉藻が帳場に入ってきて、

「神守様、料理より汀女先生のその日かぎりの絵入りのお品書きが評判でしてね、お土産《みやげ》にと持ち帰られるお客様もおられます」

「ほう、姉様の絵もなかなかのものではないか」

「幹どの、玉藻様は私が自信を持つようにと考えられて世辞《せじ》を仰っているのでございますよ。それを本気にする方がどこにおられますな」

「なんだ、世辞であったか」

玉藻がほっほっほと笑った。

「汀女先生は疑い深く、神守様は素直にございますな。これほど厄介な夫婦もございますまい。私の言葉は世辞ではございませぬ。こたびの店開きには汀女先生からどれほどの工夫や創意を頂戴したか。私も奉公人もこの数日で手応えを摑みましたが、汀女先生のお力が大きゅうございますよ」

「それはよかった」

幹次郎は正直に受け止めた。

「汀女先生、神守様、この近くに仮宅を構えた何軒かの楼がうちに関心を寄せました。いえ、仮宅遊びは安直ですが吉原のように風情情緒がございません。そこで少しでも吉原の雰囲気を出すために山口巴屋で酒食《しゅしょく》するお客のところに花魁衆が迎えに来られないか、馴染の客人とこの家で一頻《ひとしき》り酒食をともにして遊びに興じ、その後、馴染様と仮宅に行けないものかとお父つぁんと相談致しているところです」

「仮宅から料理茶屋山口巴屋まで花魁道中を仕立てようという趣向ですか」

「ここは町屋、廓内ではございません。遊里のような賑々《にぎにぎ》しい道中や仲之町張りはできますまいが、町の暮らしを邪魔しない趣向はできると思います」

「浅草は吉原と一緒に歳月を重ねてきた町と聞いております。きっと町内の方も受け入れてくれましょう」

と汀女が頷くように言い、

「やり方次第です。ただ町奉行所がどう申されるか、こちらはお父つぁんの腕の見せどころです」

と玉藻が言い切った。

「そうだ、忘れておりました。汀女先生からのご注文、薄墨太夫方は大いに賛同なされました。その返事を最前受け取りました」

幹次郎がなにごとかと玉藻を見た。

「いえ、吉原で続けていた手習い塾をどこぞの仮宅を交代で借り受けて再開しようと話し合いが行われておりましたが、汀女先生の発案で、ときにうちを手習い塾にできないかとの相談がございました。幸いうちには二階に広座敷もございます。二日か三日に一度の割合で昼間席をお貸しするのはなんの支障もございません。花魁衆は汀女先生の塾を楽しみにしておりますからね、川向こうから通うのは難しゅうございましょうが、浅草界隈の仮宅からなら、気晴らしになりましょう。また大勢の花魁衆が一堂に会して華やかですよ」

と玉藻が幹次郎に説明した。

幹次郎は昼餉を馳走になり、汀女を山口巴屋に残して今戸橋に向かった。

船宿牡丹屋にはどことなく穏やかな空気が流れていた。昼見世《ひるみせ》の見廻りに若い衆が出て、牡丹屋には番方の仙右衛門しか残っていなかった。

「先ほど南町の内与力代田《しろた》滋三郎《しげさぶろう》様が参られまして、養父実母殺しの一件で朝助の調べが進み、あやつひとりが親殺しを実行したことが判明致したそうです。むぐらの勢蔵は川崎宿の賭場で朝助と知り合い、隠し金を掘り出してくれれば五十両の手伝い賃を支払うことで請け負ったとか。あやつ、悪党の頭《かしら》にしてはどことのう鷹揚ですからね、朝助にいいように引き回された揚句《あげく》に神守幹次郎様の手に落ちたってわけです」

「さようでしたか」

「朝助は親殺しの重罪人です。まず獄門は間違いないところ」

「むぐらの勢蔵はどうなりますかねえ」

「余罪を調べておるところでそれ次第、極悪人とも思えぬと代田様は申されておられました」

幹次郎は悪人一味を率《ひき》いるにしては言葉遣いまで丁寧なむぐらの勢蔵が雪道をよろよろと歩く姿を思い出してなんとなく同情した。

「花蕾の行方は相変わらず知れませんか」

「江戸の四宿《ししゅく》はいうに及ばず関八州《かんはっしゅう》の主だった遊里には回状《かいじょう》を回してございます。もし花蕾がどこぞに売られていればなにか返答があってもいい頃合ですがね」

と仙右衛門が首を傾《かし》げ、

「一番厄介なのは金持ちが密かに妾として囲い込んだ場合だ。人前に姿を見せないとなると探索に時がかかるな」

「分限者なれば妾くらいいかようにもなりましょうに」

「世の中にはいろんな好みの御仁がおりましてね」

と仙右衛門が言ったが幹次郎には予測もつかなかった。

表には日差しが落ちて、今戸橋界隈の雪はほとんど溶けて軒下の日陰に残っているばかりだ。

幹次郎が仙右衛門の淹れてくれた茶を喫していると牡丹屋の戸口に人影が立った。

七つ半（午後五時）過ぎの刻限だ。

「おや、伏見町の番頭さん、どうなされた」

と仙右衛門が陰になった顔を見分けたか、そう尋ねた。

「番方、ちょいと厄介ごとの相談です、乗ってくれますか」

「そのための会所ですよ、利吉《りきち》さん」

幹次郎は土間に入ってきた人物の顔を見てようやく気づいた。

吉原の各町にはそれぞれ町名主がいた。伏見町名主は北国屋新五郎《ほっこくやしんごろう》だ。その北国屋の番頭の利吉がふたりの目の前の人物だった。

「なんぞ不測の事態ですかな」

利吉は、仙右衛門が上がり框に敷いた座布団にどさりと腰を下ろした。だいぶ深刻な相談のようだった。

「先の火事に楼は焼けたが、客も女郎も奉公人もひとりも欠けることなく逃げおおせましたし、仮宅もなんとか新鳥越町《しんとりごえちょう》に開くことができました」

新鳥越町は山谷堀の北側だが、千住《せんじゅ》に通じる道筋で商いの場所としては悪くなかった。

「連日連夜の賑わいと聞いていますがな」

「仙右衛門さん、それも昨日までの話だ」

「なにが起こったか、話してみなせえ」

「番方も承知だろうがうちの米櫃はお職の文奈《ふみな》と磯千鳥《いそちどり》のふたりですよ」

「いかにもさよう心得ています。大体お職を競う女郎は仲が悪いものだが、文奈と磯千鳥は滅法《めっぽう》仲良しでございましたな、たしか下野《しもつけ》の在所も一緒のはずだ」

会所の番方はさすがに各楼の抱えをよく承知していた。

「いかにも下野の石橋村《いしばしむら》の出です」

「ふたりがどうかしなさったか」

「足抜しました」

「いつのことです」

「今朝方、山谷の普賢湯《ふげんゆ》に行ってそのまま楼に戻らないのですよ」

「湯に行って帰らねえ。ちょいと足抜にしてはおかしゅうございますな、利吉さん」

「どこがおかしいのです、番方」

「ふたりが覚悟の足抜ならば湯に行く恰好で逃げますかねえ。貯めた金子や簪《かんざし》笄《こうがい》の類《たぐい》は持ち出しておりますので」

「残っております」

「だからおかしいと申すので」

「とすると番方、ふたりはどこに消えたんです」

「北国屋では足取りを調べなさったろうな。届けがこの刻限だ」

「はい。ふたりがふらふらと町歩きしていることも考えられた。そうそう簡単に足抜だなんて会所に届けられませんよ。しばらく待ったあと、人手を出して新鳥越町の普賢湯近辺を総浚《そうざら》いに訊き歩きました」

「なんぞ手がかりはございましたか」

「へえ、ふたりを待ち受けていた者がいたそうです。文奈たちが辻駕籠に乗ったのを青物屋の小僧が見ておりました」

「待ち受けていた者がいたとは馴染の客ですか」

「それが武家だそうです。ふたりの馴染に武家方はひとりもおりません」

仙右衛門と幹次郎は顔を見合わせた。

二

利吉と一緒に仙右衛門、幹次郎のふたりは新鳥越橋を渡り、新鳥越町の北国屋の仮宅に行った。

元々日光街道《にっこうかいどう》を行く旅人相手の旅籠屋で仮宅を開くにしては悪くはない。だが、伏見町の町名主の北国屋の格式を保つには、ちょいと安っぽい造りだった。それを主の新五郎が表だけでもと手を加え、妓楼らしく華やいだ構えに改装していた。

花色暖簾を分けて利吉のあとに従うと、新五郎が客を迎える見世先で気が抜けた体で座っていた。

「旦那、文奈と磯千鳥、戻ってきませんかえ」

顔をのろのろと上げた新五郎が、

「番方か、戻ってくるわけもあるまい」

と言った。

「旦那様、番方はふたりが足抜したとは思えないと言うんですよ」

と利吉が傍らから口を挟んだ。

「番方さん、足抜じゃなきゃあなんだねえ」

「新五郎旦那、そいつはまだ分からない。わっしらが推量したのは若い女郎がふたりして話し合って、仮宅を出ていったとは到底思えないということですよ」

「そりゃそうですよ、手引きする者がいたんだからね」

「武家というのでございましょう。これからその辺りを調べますがね、まずふたりの残した持ち物を確かめさせてくれませんか」

気抜けした表情のまま新五郎が利吉を見た。

「番方、案内しますよ」

妓楼の階段にしては狭く急な造りで、それを上がると左右に廊下が五、六間（約九〜十一メートル）延びていて廊下を挟んで部屋が並んでいた。

幹次郎の目に飛び込んできたのは黒猫を抱いた遣手《やりて》だ。茫然自失《ぼうぜんじしつ》の体で鼻歌を歌っている。主の新五郎にこっぴどく叱られて、消沈《しょうちん》しているのだろう。

女郎の暮らしの躾《しつけ》や差配はどこもが遣手の責任だが、仮宅ともなると当然気が緩む。

「おくまさん、えらいこったねえ」

仙右衛門の言葉におくまが顔を上げて、

「まだ吉原の空気に馴染《なじ》んでもいない在所者のふたりが逃げるなんて考えもしなかったよ。そんなに下野の田舎に戻りたいかねえ」

「持ち物を見せてもらうよ」

おくまが黒猫を抱いたままのろのろと立ち上がり、腰を落とした恰好で左手の廊下に案内した。

お職の文奈の部屋は角部屋で六畳間に二畳の控え座敷がついていた。

幹次郎が目に留めたのは火事の際の逃げ口、非常梯子《ばしご》が廊下の突き当たりの穴から路地下に抜けていることだった。

文奈が朋輩の磯千鳥と足抜しようと思えば非常梯子を使っていつだって抜けられるということだ。

座敷の中には文奈の持ち物が広げてあった。

遊女の商売道具の小袖や打掛《うちかけ》や浴衣、化粧《けわい》道具、櫛《くし》笄簪の類、積み夜具などがあり、長火鉢の傍らには新鳥越橋の饅頭屋《まんじゆうや》の名物薄皮が皿に盛られていた。湯から戻ったら食べようとしていた感じがあった。

「この他に、文奈の有り金はいくらかかえ、おくまさん」

「客筋は悪くはなかったからね、文箱《ふばこ》に十三両二分残していたよ。足抜の詫び代とでも思ったかね。帳場に借金が八十七両ほど残っているからね、足しにもならないよ」

「磯千鳥も同じようなものですよ、番方。こちらの蓄《たくわ》えは十一両でした」

と利吉が口を添えた。

「文《ふみ》はなかったかえ」

「客から来た付け文のようなものは二、三あったがねえ」

「あとで見せてくんな」

「なんてこともない、客が女郎に宛てた文だがね」

と利吉が答え、請け合った。

仙右衛門はしばし文奈の持ち物に目を落としながら考えていたが、

「おくまさん、まずふたりの馴染の中でも気の合ってた客をふたりずつ選んで書き出してくんな、名と住まいだ。お店者なら店の名だ」

「あい」

黒猫を抱いたおくまがべたべたと足を引きずる音を響かせて遣手の小部屋に引き上げていった。

「あのくろは、磯千鳥が可愛がっていた猫ですよ」

利吉の言葉に頷いた仙右衛門が、

「番頭さん、こいつはやっぱり若い女郎ふたりが話し合っての足抜なんかじゃねえ。苦界《くがい》に身を沈めた女が体を張って稼いだお足《あし》だ、借金のかたになんて残していくものか」

と言い切った。

「じゃあ、ふたりはどうなったんで」

「言葉巧みに声をかけられて駕籠に乗せられたんだ。勾引しに遭ったのかもしれねえ」

「勾引しですって」

と利吉が素《す》っ頓狂《とんきょう》な声を上げた。

「おくまさんも言ったな。まだふたりは吉原の空気に染まっていなかったって」

「言われてみればあのふたり、在所者の気のよいところが客に受けていたんですよ」

「利吉さん、これははっきりとしたことじゃない。だが、ひょっとしたらと思っていることがある」

「なんですね、番方」

「同じような騒ぎがすでに起こっているんだ」

「なんですって」

「火事騒ぎの最中に三扇楼のお職、花蕾花魁が布団に巻かれてどこぞへ連れ去られている。そのときも現場に頭巾を被った武家がいた」

「文奈と磯千鳥を勾引したのと同じ武家というのですか」

「まだ確証はない話だ」

「ふたりを攫ってどうしようというのです」

「まず考えられることは、女郎を他の岡場所に売り飛ばすことだ。会所ではすでに四宿をはじめ、関八州の主だった遊里には回状を回した。だが、今までのところ当たりはない。ひょっとしたら上方筋かも分からない」

利吉がしばし考えた末に、

「遠くに売られたとなると、うちの米櫃のふたりはもはや仮宅に戻ってこないかねえ、番方」

と訊いたところへおくまが顔を見せて、

「番方、ふたりの馴染を書き出したよ」

と紙片を差し出した。

仙右衛門と幹次郎は新鳥越町の普賢湯近くの青物屋に顔を出した。雪が降ったあと、江戸の町に青物が入荷せず、大根や里芋なんぞがどの長屋でも味噌汁の具に続いていたが、八百屋の店先には久しぶりに入った青菜が瑞々《みずみず》しくも並んでいた。

昼下がりのこと、日溜まりで小僧が漬物の空樽に腰を下ろしてこっくりこっくりと居眠りしていた。

「小僧さん、起きねえ」

「はっはい、大根は葉つきで一本十二文《もん》、値が高いのは雪のせいですよ、へい」

小僧は寝ぼけ眼《まなこ》で早口に言った。

「客じゃねえ、ちょいと訊きたいことがあるだけだ」

小僧が拳で目を擦《こす》り、顔を上げて仙右衛門の長半纏に気づき、

「なんだ、会所の番方か」

と呟いた。

「小僧さん、名はなんだえ」

「へえ、親がくれた名は徳松《とくまつ》ですよ」

「徳松さんか。今朝方、北国屋の抱え女郎文奈と磯千鳥が駕籠に乗せられるところを見たそうだな」

「あい、見ましたよ」

徳松が答えたところに奥から青物屋のおかみが顔を出した。

「徳松ったら急に色気づきやがってさ、女郎さんの湯の行き帰りをぼおっと見てんですよ、番方」

「今朝も文奈たちを見たんだな」

「番方、文奈さんの白い肌がさ、湯上がりだと桜色になってなんともいえないんだよ」

「そんなことばかり頭に詰まっているもんだから、仕事にしくじってばかりじゃないか」

「おかみさん、それと仕事は別ですよ」

小僧とおかみが他愛《たわい》もなく言い合った。

「おかみさん、ちょいと普賢湯まで徳松さんを借りるぜ。なあに少しの間だ」

「客のいない刻限だし、かまわないよ、番方」

裏通りの八百屋から普賢湯までは半丁もない。仮宅の北国屋からでも三丁（約三百三十メートル）の道筋だ。路地にはまだ雪が残っていた。

「番方、青物をさ、そこの染物屋に届けに来てさ、おれが用事を済ませて路地に出たときに文奈さんと磯千鳥さんのふたりが普賢湯を出てきたんですよ」

仙右衛門が染物屋の裏木戸の前に立ち、徳松になったつもりで普賢湯を眺めた。

染物屋の裏口と普賢湯の表戸の間は二十数間（三、四十メートル）離れていた。

だが、朝方のこと、動きを見落とすことはない距離だ。

「それからどうしたえ」

「そしたら、湯屋のちょいと先に駕籠が二丁待っていてさ、男が文奈さんに声をかけたんですよ」

「知り合いの様子だったか」

徳松はしばらく考えて首を横に振った。

「武家だったそうだな」

「いえ、頭巾を被ったお武家さんはもう少し離れた奥のほうに立っていました。声をかけたのはお店の番頭さんみたいな人でした。二言三言言葉を交わしたあと、文奈さんが磯千鳥さんと頷き合い、駕籠に乗り込んだんです」

「それからどうした」

「すぐに駕籠の垂れが下ろされて新鳥越橋の方角に走っていきました。それだけです」

「武家はどうした」

「そのあとからゆっくりと同じ方角に歩いていきました」

「一行は武家と番頭風の男と駕籠舁きだけだったか」

徳松はしばし腕組みして考えていたが、

「駕籠が走り出したあと、何人かの男たちが駕籠の両脇に寄り添ったかもしれませんよ。なんとなくですけど」

仙右衛門が幹次郎を見た。

「小僧さん、武家の風体で覚えていることがあったら教えてくれぬか」

「結構歳のいった侍ですよ。小太りでさ、それでも赤鞘の刀が腰にぴったりと落ち着いていたな。羊羹《ようかん》色の羽織の紋はさ、鳥の羽根が二本縦に並んでいたぜ」

「並鷹羽《ならびたかのは》か、よう見て取ったな」

「おれはさ、目だけはいいんだよ」

と答えた徳松が、

「知ってるのはそんなとこだよ」

「よう見た、徳松さん」

と仙右衛門が褒めると一朱を渡した。

「えっ、これ、あたいのお小遣いにしていいのかい」

「おめえのご苦労賃だ。おかみさんにだれかからもらったと訊かれたら会所からの褒美《ほうび》だと言うんだ」

「あーい」

と一朱を大事に懐に仕舞った徳松が元気な返事を残し、ふたりの前から駆け出していった。

「無駄は覚悟で小村井村まで伸《の》してみますか」

「おしなの記憶を今一度確かめようと申されるのだな」

「そういうことです。向こう岸には雪が残っていましょう、会所の舟で参りましょうか」

その足で今戸橋の牡丹屋に戻った仙右衛門と幹次郎は、折りよく他出《たしゅつ》から戻った四郎兵衛に北国屋の売れっ子女郎が姿を消した一件の顚末を報告し、小村井村まで確かめに行ってきたいと許しを請うた。

「なんと北国屋さんにそんな災難が降りかかっていましたか。番方、今晩の見廻りの手配は私がしよう。ご苦労だが神守様と川を渡っておくれ」

「承知致しました」

昼下がり八つ半（午後三時）の刻限のことだ。

今戸橋の船着場から猪牙舟に同乗した仙右衛門と幹次郎の船頭は、船宿牡丹屋の老練《ろうれん》な政吉《まさきち》だった。

「中井堀の一心地蔵ってか、漕ぎ出があるな」

と言いながらも隅田川に出るとしなやかな腰の動かしで猪牙舟を進めた。さすがに江戸の川を知り尽くした政吉だ。水行《すいこう》一刻で中井堀に辿りついていた。

今日のおしなは、中井堀で大根を洗っていた。

「あれ、また会所のお侍が来なさったか。この前以上のことは何も知らないですよ」

おしなが水がぼたぼたと垂れる大根を手に接岸する猪牙に言葉を投げ、

「おや、今日は甚吉さん抜きで会所の番方がご一緒ですか」

とさらに問うた。

猪牙の舳先が杭の間に板一枚が張られた船着場に寄せられた。

「おしなさん、念押しに参った」

「だからさ、この頭からはなにも新しい話は出てきませんよ。ほら、振るとからから音がする」

おしなはわざわざ頭を横へ振ってみせた。すると大根から水が広がって垂れた。

「花蕾が布団に巻かれたとき、実際に指図していたのはそうざ兄いだと言ったね」

「そう名前を聞きましたよ」

「武家はその場から少し離れた場所に控えておったのだな」

「でも、もの凄《すご》い人込みだったから、そうざ兄いとは見ず知らずの侍かもしれませんよ」

「頭巾を被った武家の風体だが若いか、年配かな」

「顔は見えなかったんだよ。ちょいと太り気味のお武家さんで、そう言われれば歳がいっていたかもしれないよ。腰が爺様のように落ちていたもの、たしかに若い人の体つきではなかったわね」

一瞬の観察かもしれないが、おしなも引手茶屋の女衆、客を見分ける商売だ、その目はたしかなはずだ。

「刀はどうだな」

「刀って」

「刀の鞘だが何色であったか分かるか」

「鞘の色なんて覚えてないよ」

と言いながらもおしなは大根を提げた姿で考え込んだ。

「五十間道からも吉原の方角からもぱらぱらと火の粉が飛んできてさ、浅草田圃も奥山の森も赤く染まっていたっけ。逃げる人も顔まで真っ赤だった。その中に侍が立って……」

と呟きながら考えていたおしなの目が急に輝いて幹次郎に向けられた。

「赤い鞘よ。炎に赤い鞘が映《は》えていた、神守様に言われて思い出したわ。間違いない。赤鞘の刀を差していたのよ、あのお武家」

「羽織の紋はどうだな」

「紋だって、あの人込みで確かめられるものですか」

とおしなが顔を横に振り、

「これじゃあ、無駄足だったわね」

「いや、遠出した甲斐があったというものだ」

と仙右衛門が破顔《はがん》し、

「おしなさん、おまえさんの記憶が花蕾を助ける手がかりになるかもしれないよ」

と一分金を差し出した。

「あれっ、この前も神守の旦那から一分を頂戴したよ。いいのかねえ、二度ももらって」

仙右衛門がちらりと、

「身銭を切られましたか」

という顔つきで幹次郎を見た。

「神守様の礼は別物だ、こいつは会所からだ。取っておきねえ」

「相模屋に奉公するより在所にいたほうが稼ぎになるよ」

とおしなが嬉しそうに番方の手から一分金を受け取った。

「いよいよ花蕾の布団巻きと文奈、磯千鳥の勾引しが同じ人物の仕業と判明致しましたな」

と幹次郎が仙右衛門に言った。

猪牙舟が中井堀を南に向けられたときだ。

「まず並鷹羽が家紋の、赤鞘の刀を差した小太りの年配の武家が頭分の一味だ。実行役はそうざ兄いでしょう。文奈と磯千鳥の折りの番頭はそうざが化けた姿かもしれませんな」

「まず間違いなかろう」

幹次郎はこれからどうなさるなという顔で仙右衛門を見た。

「文奈の馴染で文を残した相手のひとりに深川永代寺《えいたいじ》門前町《もんぜんちょう》の魚料理屋の若旦那桂次郎《けいじろう》がおります。どうせ隅田川の東岸にいるんだ、駄目もとで桂次郎に会ってみますか」

という番方の言葉に船頭の政吉が、

「横川を南に下っていいかえ、番方」

と訊いた。

「頼もう、政吉さん」

「あいよ、灯りが点る前に門前町に着きたいねえ」

と櫓に力を込めた。

三

「文奈が足抜して在所に戻ったって。そんなことあり得ねえ」

と深川永代寺門前町生まれの桂次郎が話を聞くと即答した。

「若旦那、なぜそう思いなさる」

「なぜもなにも、在所の石橋村の暮らしを憎んでいた文奈だ。いや、親兄弟が憎いんじゃねえ、一家が夜明け前から汗水垂らして働いても、腹いっぱいものが食べられない暮らしが憎いというのさ。その点、吉原は極楽だと何度もおれに言ったぜ。在所じゃあ、一年に一度食べられるか食べられないかの米の飯が三度三度好き放題に食べられる、これだけでも夢みたいだってね」

仙右衛門が桂次郎の言葉に頷いた。

吉原の遊女の大半が江戸に出て初めて米の飯を口にする貧窮の出だった。年貢米が集まり、日銭が稼げる江戸では裏長屋暮らしの八つぁん熊さんも白米だけは口にできた。

「そんな文奈が在所目指して足抜なんぞするものか。番方、だれが好き好んで極しの仮宅に戻してから吉原の仮宅に戻したぜ」

楽から地獄へ戻る」

と吐き捨てた。

「若旦那に頼ってきたってこともないかえ」

「来りゃあ、文奈に何刻でも何日でもいいや、極楽見せてから吉原の仮宅に戻したぜ」

「若旦那の他に馴染の客で、頼った者がいようか」

「文奈が惚れていたのはおれ独りだなんて自惚《うぬぼ》れちゃあいないさ。いくら吉原の水を飲んだ年季が浅いといっても女郎は女郎だ。惚れたふりして客に尽くし、貢《みつ》がせることを最初に教え込まれることくらいだれもが承知だ。となると他に頼る相手がいたっておかしくはねえ。だが、それも違うな」

「違うかねえ」

「番方、文奈は年季が明けたら江戸で小商いをしたいって真剣に考えていた女だ。子供相手の駄菓子屋を開きたいのだと。そんなあけすけさにおれも惚れたんだ。あの言葉に嘘はねえ」

と答えた桂次郎は、

「足抜したらしたでなんでおれを頼ってこないんだ」

と嘆いてみせた。そして、

「番方、客を頼るにしてもおかしかねえか。朋輩の磯千鳥を連れているって、磯千鳥が文奈を頼りにしていたのはたしかだ。だがよ、女郎が朋輩まで連れて客のとこに訪ねていくかえ」

と桂次郎が言い切った。

「客の他にこの江戸でどこぞ行きそうな場所を思いつかないか」

「未だ文奈は江戸の西も東も知らない女だぜ。今度の仮宅をどれほど楽しんでいたか。町屋の暮らしが見えるってねえ」

桂次郎の話は終始一貫していた。

「最後にひとつだけ訊こう。文奈に年寄りの武家の客か知り合いはいなかったかねえ」

仙右衛門の言葉に桂次郎が、

ぽかん

と口を開き、

「武家だって。文奈は関八州廻りの手代に親類だかが酷い目に遭ったとか、二本差しを真剣に怖がっていたぜ。そいつを妓楼の旦那も承知だから武家の客はつけないのだと言っていたくらいだ。侍の馴染なんぞいるわけもない。番方、どうしてそんなことを尋ねるね」

と桂次郎が反問した。

仙右衛門がしばし思案したあと、

「桂次郎さん、おまえさんは正直に答えてくれた。おれも正直に手の内を明かす。だが、この話、当分若旦那の胸の内に仕舞っておいてくれないか」

「承知した」

仙右衛門は湯屋の帰りにふたりを空駕籠が待ち受けていて、一緒にそれに乗せられた経緯を告げた。

「なんてことだ。そりゃあ、文奈は攫われたんだぜ」

と即座に応じた桂次郎は、

「番方、おれに訊くより四宿を当たることだ。叩き売られて今ごろ阿漕に稼がされているぜ、間違いねえ」

と得心したように言い足した。

富岡八幡宮《とみおかはちまんぐう》界隈には夕暮れが訪れていた。

仙右衛門と幹次郎は一旦門前町の船着場に戻り、

「政吉の父つぁん、櫓下に行ってくれまいか。深川まで伸してこの刻限だ。おれたちも夜廻りをしていこう」

と政吉に頼んだ。

「あいよ」

吉原の仮宅は深川永代寺門前町から深川大新地、さらに越中島《えっちゅうじま》にかけて何軒かが集まっていた。

政吉は猪牙舟を永代寺門前仲町《もんぜんなかちょう》に移動させ、仙右衛門と幹次郎は黒船橋《くろふねばし》で降りた。

薄暗がりに雪が凍って残る路地に、
ぼおっ
と灯りが点り、男たちが格子窓にへばりつく仮宅を一軒一軒巡って、主か番頭に会い、武家が頭の女郎攫いに注意して歩いた。

時鐘が五つ(午後八時)を告げたとき、ふたりは新石場《しんいしば》と呼ばれる深川の悪所のひとつにいた。ここは天明二年(一七八二)にできたばかりで新しい岡場所だ。

この新石場に伏見町の小見世の蓬栄楼《ほうえいろう》が仮宅を出していた。細い路地を曲がっ

てようやく蓬栄楼の仮宅の灯りが見えたとき、格子窓にへばりついている客が、
さあっ
と散った。

中から裾を翻《ひるがえ》した遊女の手を引いた着流しの男が長脇差を翳《かざ》して飛び出してきた。それを蓬栄楼の男衆が箒や心張棒《しんばりぼう》を構えて追ってきた。

「てめえら、小稲《こいね》の顔に傷を負わせてもいいか！」

と叫ぶ男は抜身をぴたぴたと遊女の首筋に当ててみせた。遊び人風の男で、全身に荒《すさ》んだ様子があった。

「ひやっ」

と遊女が叫び、

「藤三郎《とうざぶろう》さん、やめておくれな」

と泣き声を上げた。

「小稲、おれは本気だ。逃げられなきゃあ、おめえを殺しておれも死ぬ。三途の川を一緒に渡ってくれ」

と叫んだ藤三郎が、抜身を小稲の首から外して男衆に向けて振り回した。

「藤三郎さん、また人足寄場《にんそくよせば》に戻りたいか」

と箒を構えた男衆が言った。
「今度は寄場じゃねえ、島流しだ。そんなところにだれが行くものか」
と叫んだ藤三郎の顔に自暴自棄があった。
事情を察した幹次郎と仙右衛門は、それぞれが離れて暗がりを伝いながら藤三郎と小稲の後ろに接近していった。あと数間（二、三メートル）というところで男衆のひとりが、
「あっ、番方、いいところに」
と喜びの声を上げ、藤三郎が、
きいっ
と血走った目を向けた。
「会所の野郎か」
藤三郎の顔に絶望の色が疾《はし》った。その直後、抜身を小稲に突き立てようとした。
幹次郎が走り寄ったのはその瞬間だ。長脇差を構えた藤三郎の腕を下から突き上げると切っ先を虚空に流し、
ひえっ
と叫んで両目を見開く小稲の驚きを余所《よそ》に、足絡みにして雪の残る路地道に捩

じ伏せた。

「畜生《ちくしょう》、殺せ！」

と叫ぶ藤三郎から長脇差を取り上げ、さらに暴れようとする相手の鳩尾に拳を突っ込んだ。

くえっ
と奇妙な声を上げた藤三郎が気を失い、ぐったりとした。

その顔に格子窓からの灯りが当たった。

顔には無精《ぶしょう》髭、月代も乱れ、それが藤三郎の境遇を示していた。

「番頭さん、寄場帰りと直ぐにも分かる風体だ、なぜ座敷に上げなすった」

と仙右衛門が険しい声で蓬栄楼の老番頭に詰問《きつもん》した。

「番方、小稲が馴染の藤三郎さんを哀《あわ》れんで、つい上げちまったんだ」

「長脇差を持ったままかえ」

「それが畳表にくるくると巻いてあったんだ。明日からの仕事の道具と言うんで、つい信用してしまったんだ」

小稲がその場に泣き崩れた。

この光景を素見の客が取り囲んで眺めていた。

「番頭さん、女を家に入れないか。それと若い衆を番屋に走らせて土地の御用聞きを呼ぶんだ」

「へっ、へい」

ようやく呆然としていた蓬栄楼の男衆が我に返ったように動き出した。

そんな騒ぎに巻き込まれたせいで、猪牙舟が今戸橋の牡丹屋の船着場に戻ったのは、五つ半（午後九時）を過ぎていた。

四郎兵衛独りが厳しい顔で長火鉢を置いた小上がりにいた。

「神守様、ご苦労さんでしたな。番方、遅かったたね」

「七代目、ついあちこちに政吉さんを引き回すことになってこの刻限になりました。申し訳ございません」

と番方が詫びると、

「なんぞございましたかな」

と問い返した。

「なくもないがこちらは急ぐ話でもない。番方の報告から聞こうかねえ」

「七代目、花蕾を攫った武家と、文奈、磯千鳥を勾引した武家は間違いなく同じ人物のようですぜ」

とおしなの証言を報告した。

「そのついでに文奈の馴染をひとり深川永代寺門前町に訪ねましてねえ、吉原に来て貧しい暮らしから抜け出ることができた文奈が自ら足抜なんて馬鹿な真似をするわけもないって証言を得ましたんで」

と縷々《るる》桂次郎の話を報告した。

「それはご苦労だったねえ」

四郎兵衛の口調には疲れが滲んでいた。

仙右衛門は最後に新石場の見廻りで遭遇した騒ぎの顚末を語った。

「ご時世かねえ、こんなにも仮宅が立て続けに騒ぎに巻き込まれた覚えはないよ。神守様は連日の奮闘だ」

「七代目、こちらにも騒ぎがございましたんで」

「番方、神守様、花蕾が見つかりました」

「花蕾がですか、そいつはよかった。四宿のどちらで」

と仙右衛門は花蕾が転売された先で見つかったと思い込み、訊いた。

「番方、品川でも内藤新宿《ないとうしんじゆく》でもございません。築地川《つきじがわ》で浮いているところを見つかったんですよ。今、三扇楼の旦那の秋左衛門さんとうちの若い衆が引き取りに行ってます」

「なんてこった。花蕾が死んで見つかるとは夢にも考えませんでした。どんな死に方です」

「未だはっきりと事情が分かりません。なんでも舌を噛み切った跡があるとか」

「自ら命を絶ったということですかえ」

四郎兵衛が首を縦に振った。

「土地の御用聞きが髪型やら形《なり》から吉原の女郎ではないかと推量をつけたようでうちに知らせてきたんですよ。で、宗吉を走らせ、花蕾と分かった次第です。それで宗吉の応援に長吉や三扇楼の秋左衛門さんを送り込んだところです。あれこれと始末して花蕾が連れ戻されるのは早くて夜半かねえ」

と四郎兵衛が話を締め括《くく》るように言った。

「なんてことですねえ。まさか花魁が死んで見つかるとは考えもしませんでした」

同じ言葉を繰り返した仙右衛門が、

「三扇楼さんには貧乏神が張りついてますぜ。火事騒ぎで番頭は亡くなり、旦那は怪我でようやく治ったばかり。その上、稼ぎ頭を攫われて死なされた」

と言った。

「番方、貧乏神じゃあありません、こいつは人がやったことです。それも女郎を攫っておいて自死に追い込むような真似をしくさった連中は人間の屑《くず》、風上にも置いておけません」

「へえっ」

と仙右衛門が険しい口調に変えて返事をし、その後、無言に落ちた。

時刻《とき》がゆるゆると過ぎた。

夜廻りに出ていた連中が戻ってきて、さらに九つの時鐘が浅草寺から響いてきた。それから四半刻後、舟着場に舟が着いた気配があった。

幹次郎らは牡丹屋を飛び出て、迎えた。

舟は会所のものと猪牙舟の二艘で、会所の舟の胴の間に花蕾の亡骸《なきがら》が乗せられていた。その傍らには秋左衛門が悄然《しょうぜん》として肩を落とし座り込んでいた。なんだか急に五歳も六歳も老けたような感じがした。

三扇楼の再建の要《かなめ》であったお職の花魁が死んで戻ってきたのだ。

俗に妓楼の主を、

「忘八《ぼうはち》」

と呼び、孝、悌《てい》、忠、信、礼、義、廉《れん》、耻《ち》の八つの倫理を忘れるほど面白い場所が遊里で、それを忘れて厳しく躾けるのが廓の主人と世間で陰口も叩かれたが、同時に抱えの女郎は娘同様の存在でもあったのだ。

火事騒ぎの最中に姿を消しておよそひと月後、花蕾太夫は戸板の上に乗せられ筵を掛けられた、哀れな姿で仮会所の牡丹屋に運ばれてきた。

幹次郎らは合掌して迎えた。

まず土間に戸板が下ろされ、四郎兵衛の命で筵が剥《は》がされた。

三扇楼の稼ぎ頭の太夫は窶《やつ》れ果てた顔であったが、さすがに売れっ子だった吉原の華の太夫の気品を残した死に顔だった。

「窶れなすったねえ」

仙右衛門が呟いた。

「番方、顔はまだいい。体なんぞひと回りもふた回りも痩《や》せて見る影もないよ。わたしゃ、これほど酷い仕打ちを許せません」

秋左衛門が腹立たしさを露《あら》わに吐き捨てた。

幹次郎は花蕾のうなじに梅の花びらがへばりついているのを悲しげに見ていた。

早咲きの　蕾ひらいて　花が散る

「自裁《じさい》は間違いないか」

四郎兵衛が険しい声で問うと長吉が、

「奉行所の旦那方も覚悟の自死であろう、舌を嚙み切るのは男だって難しいと申されておりました」

「よほど嫌なことがあったか」

と四郎兵衛の声も憤怒《ふんぬ》に満ちていた。

「お父つぁん」

と玉藻の声がした。

「頼もう」

花蕾の体を清めるために玉藻たちが湯を沸かして待機していたのだ。土間から牡丹屋の湯殿に運ばれ、女衆だけで花蕾の体が清められた。

その間、幹次郎らは小上がりで待機していた。土間には若い衆が控えていた。

「七代目、田沼の残党の仕業と思われますか」

密《ひそ》やかな声で仙右衛門が問うのが幹次郎の耳にも届いた。

「それだ」

と四郎兵衛が腕組みして沈思した。

「わっしはどうも田沼一統の仕業とは思えなくなりました。ひと月も花蕾をどこぞに幽閉《ゆうへい》していた悠長《ゆうちょう》さとこれまでの田沼の残党の切迫したやり方が異なるように思えるのです」

「私もそう思う」

と答えた四郎兵衛が幹次郎を見た。

「それがしの考えも番方と同じにございます」

「三人の考えが一致したか。となると、だれがなんの目的で花蕾、文奈、磯千鳥を攫ったか」

「七代目、三人で終わる話ですかねえ」

仙右衛門の問いに対する四郎兵衛の答えはなかった。だが、その険しい顔には四人目の勾引しを危惧《きぐ》する表情が漂っていた。

「明日から昼見世、夜見世《よみせ》の関わりなく見廻りを厳しくしたほうがようございますな」

「番方、頼もう。人手が足りないところは土地の御用聞きを金で頼んででも助けてもらおう」

「手配します」

花蕾の体は一刻近くかかって清められ、死に装束の白無垢《しろむく》を着せられると、顔には化粧を施されて牡丹屋の仏間に寝かされた。

三扇楼は仮宅の上、商いが商いだ。通夜や弔いをするには相応《ふさわ》しくない。そこで泊まり客のいない朋輩女郎や奉公人を仮宅から牡丹屋に呼んで、内々の通夜を営《いとな》もうとだれ言うとなく決まった。

逆さ屏風《びょうぶ》の前で四郎兵衛が枕経《まくらぎょう》を読んで仲間の女郎一人ひとりが線香を手向《たむ》け、幹次郎らもそれに従い、花蕾の菩提《ぼだい》を弔った。

四

吉原界隈では通称土手の道哲《どうてつ》の西方寺、鷲神社裏の大音寺《だいおんじ》とともに投込寺《なげこみでら》として名が知られていたのが三ノ輪の浄閑寺《じょうかんじ》だ。

花蕾の弔いは投込寺の浄閑寺で行われた。だが、三扇楼の主の秋左衛門は、非業《ひごう》の死を遂《と》げた遊女を粗略《そりゃく》に扱うために浄閑寺に運び込んだのではない。

三扇楼の旦那寺《だんなでら》が昔から浄閑寺だということだ。

秋左衛門は仮宅商いの昼見世を休んで抱え女郎を全員浄閑寺に集めて、丁重に花蕾の菩提を弔い、その後、お斎《とき》が出て、花蕾の思い出などを語り合って時を過ごした。

吉原ではなかなか聞けない話だった。

吉原会所でも四郎兵衛、仙右衛門、玉藻、それに神守幹次郎が浄閑寺の弔いに出た。

数日後、そのことが読売に載り、これまで閑古鳥《かんこどり》が鳴いていた本所新辻橋際の三扇楼の仮宅に客が急に押しかけるようになったとか。

「聞いたか。だれぞに攫われて死んで戻った花蕾太夫の弔いを寺で行った上にだぜ、抱え女郎を飲み食いさせて半日過ごさせたんだとよ。吉原が浅草田圃に移って以来、こんな話、聞いたことないぜ」

「女郎が死ねばもう稼ぎがないってんで、下手すりゃ松《まつ》の位《くらい》の太夫だろうがなんだろうが、投込寺に放り込んで終わりだ。それが弔いだって、なかなかできないことだぜ」

「その仮宅が寂しいだとよ」

「江戸っ子ならここは一番まっさらな褌《ふんどし》締め直して三扇楼の仮宅によ、上がらなきゃあ、名折れだぜ」

「おおよ、女房なんぞにぐずぐず言わせねえよ。こちとら江戸っ子だ」

と連夜三扇楼の仮宅が流行《はや》り出した。

そんな話柄が江戸を賑わせている間に仮宅から立て続けにふたりの抱え女郎が姿を消した。

ひとりは角町の大籬松葉屋の振袖新造の紫《むらさき》千草《ちぐさ》で、小間物屋に行くと言って山之宿町《やまのしゅくまち》の仮宅を出たまま行方を絶った。

さらに二日後、今度は吾妻橋《あづまばし》際の花川戸《はなかわど》の仮宅から紅葵《べにあおい》が忽然《こつぜん》と姿を消した。紅葵は春華楼《しゅんかろう》のお職を張る花魁だった。

吉原会所には仮宅から妓楼の主らが駆けつけて、なんとか対策を立てよと強談《こわだん》判《ぱん》が行われ、騒然となった。

むろん会所でも必死の探索と夜廻りを続けていたが、会所の人手は限られ、大川の両岸に散った仮宅をすべて網羅《もうら》して警戒することは叶わなかった。

三扇楼の花蕾の遺髪《いはつ》を持った秋左衛門の代理の男衆が、花蕾の生まれ在所の武州名栗村に向けて江戸を発《た》った日、仙右衛門と幹次郎らは、本所から深川界隈の仮宅の警戒に船で当たっていた。

連日連夜の警備に若い衆の体もくたくたに草臥《くたび》れていた。だが、花蕾の死と四人の売れっ子女郎の行方知れずが嫌な感じで胸の底に淀《よど》み、気が高ぶって眠りに落ちることはできなくなっていた。

だれもが口が重く、目だけがぎょろぎょろと光っていた。

会所の船の中で腕組みして無言を守り通していた仙右衛門が、
ふうっ
と息をひとつ吐いた。

「おかしゅうございますな。この手の騒ぎはどこぞから話が漏れてくるはずなのに、全くなにも聞こえてこない」

「攫った花魁をどこに隠しているのか、そのことですな」

「江戸はたしかに広い。首魁《しゅかい》が武家ならば屋敷の蔵にでも隠してひっそりしていればわれらもお手上げだ。だが、そんな真似をしてみても見張っている者など大勢がかかわっているのだ。そんなところからぽつんぽつんと話が漏れてくるものですがね」

幹次郎は江戸の闇社会に四郎兵衛が莫大《ばくだい》な金子を流して情報を得ようとしてい

ることを承知していた。だが、こたびばかりはどこからも当たりがなかった。

「吉原への嫌がらせではございますまいな」

幹次郎はすでに何度も話し合ったことを蒸し返した。

「奴らは吉原でも稼ぎ頭の遊女をすでに五人も勾引し、ひとりを自死に追い込んでいる。嫌がらせなればそろそろ次の死人《しびと》が出ても不思議ではありますまい。だが、その気配がございません。神守様、感じられますか」

幹次郎は首を横に振り、

「となると花蕾の自死は、一味にとっても予想もしない出来事ということになりますか」

「わっしはあれから秋左衛門さんと何度も話した。なぜ花蕾は自死したか、とね。それほど花蕾という太夫は気が弱い女だったのか。神守様、お職を張る女郎はね、気が弱くちゃあ稼ぎ頭は務まりません。花蕾だって結構勝気《かちき》な女だったといいます。それが自ら死を選んだ。このへんに死んだ曰くが隠されている気がする」

「と申されますと」

幹次郎は、生まれたときから吉原の水に馴染んできた番方に問い返した。

「花蕾は人一倍気位の高い花魁だったと申します。攫った連中が花蕾の気位を傷つけるなにかをしようとしたか。なんとも漠然《ばくぜん》とした頼りない推量ですがね」

「それにしても遊女の勾引しは世間の評判になっております。奴らの立場に立つとこれ以上、白昼無法を繰り返すのは難しいのではございませぬか」

「仕事をやめてしばらく間を置くか。一気に片づけようと突っ走るか。ふたつにひとつだ」

「頭巾の武家の肚ひとつですか」

「そんなところでしょうな」

堂々巡りの無益な会話が繰り返された。

「番方、三扇楼はようございましたな」

「千客万来で仮宅商いが息を吹き返したことですか。さすがに江戸の男衆は粋ですね」

幹次郎は仙右衛門の言葉を笑顔で受けて、

「どなたかが仕掛けたと申せば人聞きが悪いですかな」

「どういう意味にございますか、神守様」

「いえ、花蕾の弔いのことです。それがしは七代目が秋左衛門どのに願い、仲間の女郎を集めて別れをさせ、それを読売屋に漏らして書かせたことと推量しておりますがね」

「神守様も吉原会所に馴染まれましたな。だが、このことは言わぬが花です」

「いかにもさようです」

この夜、幹次郎らが今戸橋の牡丹屋に戻ったのは夜半九つを超えていた。

「七代目、悪い知らせは入ってませんかえ」

まず仙右衛門が胸にあった懸念を問うた。

「番方、今晩はなかったよ」

問う声にも疲れが見え、答える声にも草臥れがあった。そして、四郎兵衛の視線が幹次郎に向けられ、

「神守様、身代わりの左吉さんの使いでね、馬喰町の店で会いたいとの言《こと》づけがございました」

「いつのことでございますな」

「夕暮れ六つ半（午後七時）の頃合だと思います」

幹次郎は頷くと、

「会えぬ無駄は承知で馬喰町まで出かけてきます」

「左吉さんにこたびの騒ぎのことを話してございますので」

と仙右衛門が問うた。

「独断ですが左吉さんのお力を借りたくてすでに話しました。ただ今宵の使いがこの一件に関わるものかどうかは分かりませぬ」

幹次郎は脱いだ一文字笠を被り直した。

仙右衛門が同行しようかという様子を見せたが、ここは幹次郎に任せるべきと考え直したようで、

「ご苦労ですがお願い申します」

と送り出してくれた。

幹次郎は山谷堀から深夜の浅草御蔵前通りを風のように走り抜けて馬喰町に到着した。

左吉が常連の一膳めし屋は間口二間の表戸を下ろしていた。だが、戸の隙間《すきま》からわずかに灯りが零《こぼ》れて、人の気配がした。

幹次郎は戸口の前で弾む息を整えるためにゆっくりと一文字笠を脱いだ。

夜空に師走の寒月が冴《さ》え冴《ざ》えとあった。

「御免」

と声を低めつつ表戸を拳でこつこつと叩いてみた。すると中で人の動く気配が

して雨戸が外された。

いつも左吉が座す卓の前に端然とした左吉の姿があり、戸を外して迎え入れたのは一膳めし屋の主の虎次《とらじ》だ。

「主、遅い刻限に相すまぬ」

「ときにこんな夜もあってもようございますよ」

虎次が応じ、

「神守様もだいぶお疲れのようだ」

と呟くと台所に姿を消した。

「左吉どの、長いことお待たせ申したな」

「なんのこちらは酔狂《すいきょう》だ」

と躱《かわ》した左吉が、

「今戸橋から走ってこられたようだねえ、まずは喉の渇きを潤《うるお》しておくんなせえ」

と自らの杯の滴《しずく》を切って幹次郎に差し出した。

「頂戴致す」

温燗《ぬるかん》の酒が喉にしみじみと染み渡り胃の腑《ふ》に落ちた。

「連日、夜廻りに躍起のようですね」

「五人の遊女が勾引され、ひとりは仏の姿で戻ってきたんです」

頷いた左吉が幹次郎の呑み干した杯に新たな酒を注いだ。

「神守様、手がかりを摑んだというわけではございません。ですが、ちょいと小耳に挟んだことがございましてな」

「ほう、どのようなことにございますか」

「神守様は御咎小普請という身分をご存じにございますか」

「御咎小普請ですか、いえ、知りません」

「無役《むやく》の直参旗本で家格三千石以上は寄合席に与《くみ》しますな」

「そのようですね」

幹次郎は豊後の大名家の下士、大名家と将軍家とでは仕組みが違った。それでも幕臣の仕組みを漠然と承知していた。だが、御咎小普請などという言葉は初めて聞いた。

「三千石以上の家柄でなんぞ失態をなし、幕府より譴責《けんせき》を受けた者は寄合席にも残れず、小普請に入れられます。この者を御咎小普請と呼んだり、縮尻《しくじり》小普請と蔑《さげす》んだりします。寄合席三千六百石赤松傳左衛門《あかまつでんざえもん》様のお家の元々の職掌《しょくしょう》は中川御番、小名木川《おなぎがわ》の東北にある船番所にて江戸、房総を往来する荷船を監視するお役目です。幕府開闢《かいびゃく》の時世と異なり、入り鉄砲も出女《でおんな》もそうそうございません。閑職《かんしょく》です。赤松傳左衛門様の父親、つまりは先代が閑職ならではの実入りを考えられた。往来する船の船頭や荷主の商人になにかと難癖をつけては賄賂《まいない》を得ようとされたのです。そのことが幕閣に知れて、御咎小普請に落とされたのです。十年も前のことだそうです」

幹次郎は予想だにしなかった話にただ耳を傾けるしかない。

「どのような職掌にも多少の賄賂は付き物です。中川御番衆とてそれがないわけではない。ですが、先代の赤松様、吉原遊興の金子を得たく、かなり派手に船頭、商人に賄賂を要求してきたのです」

「それで職分を外され、御咎小普請に落とされたのですね」

「へえ」

虎次が新しい酒を運んできてふたりの空の杯を満たした。

「御咎小普請に入った赤松家はたちまち内証が逼迫《ひっぱく》して、遊ぶ金子に困るようになったとか。そこで智恵者の主と用人《ようにん》が額を集めて、屋敷で賭場《とば》を開いて寺銭《てらせん》を稼ごうと企てたようです。ですが、御咎小普請に落とされた屋敷は、御目付《おめつけ》の厳しい監視の眼が光っております。諦めざるを得なかったとか」

左吉は喉を潤すように酒を嘗めた。

「赤松家は代々の中川御番衆ゆえ舟運《しゅううん》にも船の扱いにも精通しております。そこで幕府の眼の届かない江戸の外で稼ぎを見つけようとした。江戸と上方を往来する弁才船《べざいせん》を密かに雇い、江戸の荷なんぞを上方に運び込んで高く売ろうという算段です。そんな噂が赤松家の屋敷の中間から漏れてきましてね」

「俗に下《くだ》りものと称して京、大坂《おおさか》の品が江戸で取り引きされるのは承知ですが、それらのものは商人に押さえられておりましょう」

「そこですよ」

「ははあ、花の吉原の女郎衆を京、大坂の岡場所に売ろうという算段を致しましたか」

「まだそこまではっきりとしていませんので。ただそんな最中に先代がぽっくりと亡くなった」

と話を進めた左吉が、

「赤松家用人の田之上専蔵《たのうえせんぞう》という腹黒い大鼠《おおねずみ》がおりましてな。ただ今ではこやつが上方往来の商いの下工作を指揮しているそうなんでございますよ。歳は四十七、一見よぼよぼの年寄りに見えますが、この田之上、林崎夢想流《はやしざきむそうりゅう》の居合の無類の達人だそうにございます」

「左吉どの、待ってくだされ。田之上用人の周りにそう、、、ざなる名の肘下までの刺《いれ》青者《ずみもの》はいませんか」

「弁才船の船頭がなんでも刺青を彫り込んでいるという話ですが、名も、肘下まで刺青をしているかも摑めていません」

幹次郎はしばし考えて訊いた。

「赤松家の屋敷はどちらにございますな」

「鉄砲洲《てつぽうず》河岸に船溜まりもございますそうな」

「鉄砲洲は花蕾の亡骸が浮かんでいた築地川からさほど遠くもございませんな」

「へえ」

虎次がやってきて燗徳利に残った酒をふたりに注ぎ分けた。

「様子を見に参ろうか」

「ならばご案内致しましょうか」

「左吉どの、お付き合い願えるか」

「へえ」

ふたりは杯の酒をきゅっと呑み干し、立ち上がった。

鉄砲洲の由来は、寛永《かんえい》年間（一六二四〜四四）、幕府鉄砲方井上《いのうえ》氏、稲富《いなとみ》氏によって大川河口の砂洲《さす》で大筒《おおづつ》の試射が行われたことによるという。だが、試射場は江戸城に近いことからのちに鎌倉由比ケ浜《かまくらゆいがはま》に移された。

赤松家は鉄砲洲河岸の本湊町《ほんみなとちょう》と船松町《ふなまつちょう》の間に掘り抜かれた運河から西に入った一角にあり、運河に面した築地塀《ついじべい》に船が出入りするための水門があった。

左吉と幹次郎は二千余坪の敷地を見廻ったが、森閑《しんかん》として怪しげな気配はない。

刻限は八つに近い。

「どうしたものかな、左吉どの」

幹次郎の問いに左吉が着流しの袷《あわせ》の裾を後ろ帯にたくし込みながら、

「神守様、わっしがちょいと屋敷の様子を窺ってめいりやす。なんぞ助けがいるときは、鳥の鳴き声を致しますんでそんときはお願い申します」

「左吉どの独り、働かせて悪いな」

「なあに、餅は餅屋と申しましょう」

紺地の手拭いを出した左吉は盗人被りで顔を隠し、築地塀と向かい合うように立って呼吸を整えていたが、

ひょい
とその場で跳躍すると築地塀の瓦に手をかけ、軽々と身を塀の上に上らせた。
しばらく屋敷内の様子を窺っていたが、
ふわり
と夜空に縞の袷を翻して飛び降りて消えた。
左吉が忍び込んだのは赤松家の東側で、南側が堀に面していた。
幹次郎はその場で待機することにした。
左吉が赤松家に忍び込んで半刻後、屋敷内に人の動きが見えた。だが、左吉が見つかってのこととは思えなかった。大勢の人の気配があって、物音もした。
ぎいっ
と水門が開く音がして船影が運河に姿を見せた。
中川御番衆の家系だった名残りか、長さ九間（約十六メートル）から十間（約十八メートル）の船で五丁櫓でも使え、帆柱《ほばしら》は倒されていたが立てれば帆も張れる構造の早船だった。ちょっとした水行はできそうな造りだ。
幹次郎は闇に身を潜めて早船が出ていく模様を眺めていた。
御咎小普請の身が夜明け前に船を密かに出す、それだけで怪しい行動だった。

乗り組んでいるのはすべて黒装束で十人ほどだ。

推進は艫《とも》の大櫓だけで、あとの者たちは無言で船中に座していた。

船が幹次郎の潜む前を通り過ぎようとした。そのとき、船中の真ん中の黒装束が立ち上がった。夜目にも体つきは若くはなかった。腰の大小は朱塗りだった。

林崎夢想流の遣い手、田之上専蔵だろう。運河の出口を無言の裡に凝視《ぎょうし》する田之上はなかなか手強い相手と判断がついた。

船が江戸の内海へと姿を消したとき、人の気配が虚空からして、
ふわり
と左吉が飛び降りてきた。

「神守様、女郎の影ひとつございませんや。それに屋敷には船溜まりがあるくらいで、どこといって怪しげな匂いはねえ」

「ございませんでしたか」

幹次郎は江戸の内海の闇に消えた船の方角に視線をやった。

「なにもないところが却って怪しゅうございます。それにあの船、こんな刻限にどこへ行こうというのでございますかな」

左吉の声はある確信に満ちていた。

第四章　冬の金魚

一

元中川御番衆赤松傳左衛門屋敷に吉原会所の厳しい監視の眼が注がれ、慎重の上にも速やかな内偵《ないてい》が行われた。

だが、鉄砲洲の裏手にある赤松屋敷を望める界隈《かいわい》に見張所を設けることはできず、仙右衛門らは苦労した。なにしろ武家地の上に、町屋は鉄砲洲河岸と屋敷から遠く離れていたからだ。

そこで鉄砲洲河岸に多く見られる竹問屋の荷船を二艘借り受けて、赤松屋敷の水門の出入りを見渡す場所に舫い、その中に会所の面々が交代で隠れ潜んで見張ることにした。

また本湊町の表門の見張所は、八丁堀の流れが江戸内海へと注ぐところに架かる稲荷橋《いなりばし》付近に町屋の二階を借り受けた。

見張りの態勢を整える一方で四郎兵衛は幕府要人に手を回した。赤松家の先代がなぜ中川御番衆の職階を解かれたか、その理由に改めて探りを入れるためだ。

一方、深夜幹次郎の目の前に現われ、江戸内海へと姿を消した早船は以来赤松屋敷に戻る様子はなかった。

(どこへ消えたか)

赤松家の内偵を始めて三日目の夕暮れ、幹次郎と左吉は牡丹屋に呼ばれた。左吉は行きがかりで赤松家内偵の一員に加わっていたのだ。

吉原会所の置かれた船宿には四郎兵衛、仙右衛門のふたりが待ち受けていた。

「神守様も左吉さんも連日ご苦労にございますな」

と四郎兵衛が労った。

その顔にはなんとも釈然としない表情があった。

「七代目、どうやらわっしの勘が外れたようだね」

左吉が四郎兵衛の顔色をそう読んだか、訊いた。

「身代わりの左吉さん、そう先走らないでくださいよ」

と苦笑いした四郎兵衛が、

「赤松家がなぜ中川御番衆の職を解かれたか、幕閣周辺で訊き込みますとな、御目付筋から奇妙な話を聞き及びました」

「七代目、船番所を通過する荷船から賄賂を常習的に取り立てていたせいではないのでございましたか」

と問う左吉の顔は強張《こわば》っていた。

「左吉さん、直接の因はその通りです。ですが、赤松家の先代仁右衛門様がなぜ不正に走ってまで金子を必要としたか、それが世間には知られておりませんでした」

「わっしの調べは行き届きませんでしたか」

「さすがの左吉さんも赤松先代の道楽までは分からなかったようですな」

と笑いながら、四郎兵衛が懐から一冊の本を取り出し、幹次郎と左吉の前に置いた。

『金魚養玩草《そだてぐさ》』

と表紙にはあった。

「金魚が赤松家没落《ぼつらく》に関わりがございますので」

左吉の声がふだんより甲高く変わっていた。

「おふたりに俄《にわ》か勉強の金魚講釈をしますでしばらくお聞きなされ」

「へえ」

「この本は寛延《かんえん》元年（一七四八）に泉州堺《せんしゅうさかい》の通人安達喜之《あだちきし》が記した金魚の養育法です。元々金魚は明《みん》から渡ってきたようで、今から優に三百年以上も前のことだそうですな。明から渡ってきた最初のものはワキンと呼ばれ、将軍様やら大名方、分限者、文人の間に瞬《また》く間に広がったそうな。そこで金魚の飼い方、病気の折りの対処法を書いた本が出回るようになり、さらには珍しさを求めて品種の改良が行われるようになりました。大名家の中でも大和郡山《やまとこおりやま》の柳沢《やなぎさわ》家は金魚に関わりが深い殿様です」

「柳沢様と申されると柳沢吉保《よしやす》様が藩祖のお大名ですな」

「いかにもさようです。綱吉《つなよし》様の寵愛を一身に受けた側用人《そばようにん》、大老格として絶大な権勢《けんせい》を誇った吉保様の凋落《ちょうらく》もまた綱吉様の死と一緒にやってきて、甲斐国《かいのくに》からその子、吉里《よしさと》様が大和郡山に転封《てんぽう》になりましたな、その享保《きょうほう》九年（一七二四）に甲斐から郡山に運ばれてきた金魚が郡山を金魚の国に致しました。この郡山で誕生した新種や、名古屋で飼育された地金《じきん》が有名になり、好事家《こうずか》の間で値よく取引きされたようです。もっとも今では、金魚といえば夏の風物詩、裏長屋つき出し窓に金魚鉢、と川柳に詠《よ》まれるくらいだれもが買えるものですな。ところが庶民にまで広まった金魚の価値をふたたび上げようという連中がおられるようで、これらの新規の珍品金魚は何百両という値で取り引きされるそうです。本業をそっちのけで没頭《ぼっとう》する者も出てきた」

さすがの左吉も返答に困ったようで黙り込んでいた。そこで代わりに幹次郎が、

「赤松の先代も金魚道楽でしたか」

と訊いた。

「神守様、いかにもさようでした。亡くなった仁右衛門様が熱中したのは目玉が大きくて背びれが黄金色の江戸金《えどきん》という種類だそうで、かたちよき珍魚を創り出そうと仁右衛門様自ら日夜の研究で、中川御番衆のお役目も疎《おろそ》かになったそうな。まあ、幕府が始まって二百年近くも過ぎたのです。武家の当主が頼りなくとも家老、用人がしっかりしていれば屋敷はなんとか保てるものです。ですが、赤松家はこちらも頼りなかったとみえて、役目が疎かになったばかりか、仁右衛門様が金魚の新種を創り出すのに要した莫大な金子を、役目の職から得ようとなされたそうな」

「呆れた話にございますな」

と左吉が応じた。

「直参旗本にもあるまじき話です。ですが、昨今このような方ばかりでな。遊女狂いなどまだ正気に見えますな」

と吉原会所の七代目が我田引水《がでんいんすい》の話を持ち出し、

「御目付は赤松家の職を辞させただけで禄高《ろくだか》はそのままに残した。偏《ひとえ》に赤松家の先祖に、幕府開闢の折りの尽力があったからです。ここまでは御目付が承知しておりました。この先は赤松家に出入りの金魚屋をつかまえ、鼻薬を嗅《か》がせて調べ上げたことです」

と裏話まで披露した四郎兵衛は、仙右衛門が淹れた茶で舌を潤した。

「さて、お役料が途絶えた赤松家では急に内証が苦しくなった。当代の傳左衛門様はなにを考え違いなされたか、亡父が成し遂げられなかった目玉の大きな江戸金を創り出すことを思いついた。名古屋の地金や土佐金《とさきん》に匹敵する江戸金の新種さえ創り出せば高く売れるという心づもりでございましょう。赤松屋敷の奥で二代にわたり、金食い虫の研究が行われていよいよ内証は困窮していったのです。大和郡山に人を出したり、名古屋や土佐に派遣したり、と新種金魚の改良法はいくら金があっても足りません。赤松家は蔵米取り、蔵米を十年先まで札差《ふださし》に押さえられて町場の金貸しの間でも、赤松様に金を貸しても戻ってこないという評判が密かに流布《るふ》しているそうな。そこで珍品金魚の改良を助けるために用人が編み出した手がどうやら吉原の売れっ子女郎を名古屋、大坂なんぞに売り渡す乱暴な考えではないかというところまで調べがつきました」

「驚き入った次第ですな」

「これが真実なれば世も末、直参旗本もなにもあったものではございません」

と四郎兵衛の顔が苦虫を嚙み潰したようになった。

「わっしらは赤松傳左衛門様が金魚狂いであろうと、家を潰そうと知ったこっちゃございません。だが、なんとしても四人の遊女は無事に取り戻したい」

と仙右衛門が言い切った。

仮会所の牡丹屋の表口に人の気配がした。

「どなた様で」

仙右衛門が声をかけると、

「番方、うちの太夫が姿を消した」

という切迫した声がした。

四郎兵衛が、
うっ
と驚きとも呻きともつかぬ声を発すると立ち上がった。

表土間に立っていたのは、角町の町名主揚羽楼庄兵衛《あげはろうしようべえ》方の番頭棟三郎《むねさぶろう》だ。妓楼はむろん大籬だ。

「どうしなさった」

「うちの染井《そめい》太夫が待乳山聖天に昼参りに出かけて戻らないんですよ」

「染井さんを独りで出されたか」

仙右衛門の声には咎め立てする語調が込められていた。

「こんな時世とは承知してましたがねえ、なにしろ白昼だ。そこで禿の小桜《こざくら》を付けて出したんですよ」

「その禿はどうしたな」

「番方、小桜も行方知れずなんですよ」

「なんてこった」

染井太夫は三浦屋の薄墨と競う松の位の太夫で大商人や大身旗本の客が贔屓筋《ひいきすじ》だった。これまでに姿を消した四人とは別格の花魁だった。

「染井太夫はいつ仮宅を出なさった」

「昼餉を食べたあとですからかれこれ二刻半、いや三刻（六時間）が過ぎました」

「どうして早くうちに知らせねえんで」

仙右衛門がさらに咎め立てするような口調で尋ねた。

「朋輩に訊いたところ、太夫が大川端の甘味屋を訪ねてみたいと漏らしていたというんでね、待っていたんで。女は甘いものに目がないからね、番方」

「棟三郎さん、そんな暢気なことでいいのかえ。三扇楼の花蕾は自死した姿で堀に浮いていたんだよ」

「えっ、あの下手人が染井太夫の行方知れずに関わってるとでも言いなさるか」

棟三郎が泡を食った顔をした。

「大川端の甘味屋の名は分かるかえ」

「山之宿花川戸の甘味屋淡雪《あわゆき》ってんで。なんでも淡雪饅頭が娘に人気というんで」

それを聞いた幹次郎が立ち上がり、

「番方、それがしと左吉さんで訊き込みに参る。番方はいろいろと手配もござろうでな」

「お願い致します」

と仙右衛門が受けた。

幹次郎らは番頭の棟三郎と聖天町揚羽楼の仮宅に立ち寄り、未だ染井太夫と小桜が戻っていないことを確認した。

すでに夜見世が始まった刻限で張見世の前には大勢の男たちが群がっていた。なにしろ揚羽楼は御蔵前通りを西に入った一角で、仮宅としては最高の立地だ。

だが、この宵ばかりは染井太夫が不在で、どことなくだれた空気が格子の向こうから漂っていた。

その仮宅の前で番頭と別れ、なにはともあれ待乳山聖天に上った。

常夜灯のおぼろな社殿の前まで来たが、さすがに師走の宵、参拝する人影はなかった。

幹次郎と左吉は行方を絶った遊女や禿の無事を祈って拝殿に手を合わせた。

「さて、太夫と禿は淡雪まで辿りついたかどうか」

左吉が呟き、幹次郎が、

「まず淡雪を訪ねましょうか」

と促して、ふたりは待乳山聖天の石段を下り、町屋を抜けて御蔵前通りに出た。大川端山之宿町まで南に四、五丁（四、五百メートル）ほど行き、九品寺《くほんじ》の門前で左に折れれば甘味屋淡雪の前に出た。

聖天町も山之宿町も浅草寺領である。仮宅の暮らしを満喫しようと染井太夫が町内を散策する気分で淡雪に出かけた気持ちもなんとなく分かった。だが、そこに油断があった。

淡雪はすでに表戸を下ろしていた。店の前に立つと大川の流れが岸辺を叩く音も聞こえてきた。

明日の仕込みをするのか、店の中から灯りが漏れて地面に零れていた。

「御免なさいよ」

と左吉が戸口を叩くと、

「もうお店は仕舞いました。買い物なれば明日願います」

という若い男の声が聞こえた。

「そうじゃねえんで。わっしら、吉原会所の関わりの者なんで。ちょいと伺いたいことがあってこうして訪ねてきたんだ」

左吉の言葉に戸が薄く引かれ、ねじり鉢巻きの男が顔を出した。

「吉原会所がなんの用事ですね」

左吉を訝《いぶか》しそうに見た男がその後ろに控えた幹次郎を認めて、

「会所の裏同心の旦那かい」

と幹次郎を承知か、呟いた。

「昼過ぎのことだろうと思う。揚羽楼の染井太夫が禿を連れてこちらに甘いものを食べに来なかったろうか」

左吉が用を述べた。

「あの女はやっぱり染井太夫か」

と得心したように呟いた男が、

「化粧を落として地味な形だったがねえ、権勢を誇る太夫の貫禄は隠せないね。これもまた町娘の恰好をさせた娘と一緒だったが、ふたりが店に入ってきたとき、後光《ごこう》が差したようだったぜ」

と説明した。

「だが、刻限はもう八つ半に近かったね」

と答えた男が後ろを振り向き、

「なあ、おあき」

と同意を求めた。すると姉さん被りの女が顔を見せた。

甘味屋淡雪の主人の謙次郎とおあきの夫婦だった。日中だけ通いの小女《こおんな》がふたりいて総勢四人の店だという。

「この店にどれほどふたりはいたね」

「半刻ほどおしゃべりしながら甘いものを食べておられました。支払いに心づけまでくだされたりして、素人の方ではあるまいと思ってました」

左吉の問いにおあきが答え、

「まさか染井太夫とは知りませんでした」

と言い足した。

「うちは淡雪饅頭が売り切れたとき、店仕舞いするんです。今日も七つ（午後四時）の刻限には売り切れたんです。そのとき、四、五人のお客様がおられましたが、染井太夫が最後に美味しかったと礼を言われて店を出ていかれました」

「それが七つの刻限だね」

「間違いなくそんな頃合でしたよ」

と亭主の謙次郎《けんじろう》が答えて、女房と顔を見合わせた。

「なんぞございましたかえ」

左吉は夫婦が顔を見合わせたことに不審を抱いた。

「いえ、はっきりとしたことではないんです」

「なんでもいいや、話してくんな、おかみさん」

「旦那方、染井太夫の身になにかあったんですか」

亭主が問い返した。

「あのふたり、未だ仮宅に戻ってこないんで」

やっぱり、とおあきが言った。

「なんぞ見られたか」

「最前言った通りはっきりと見たわけではないんです。娘さんのほうがうちを出たあと、大川を見たいのか姉さんに頼んだ様子で、その後、大川端に歩いていかれました。私どもは店の片づけに追われて、その直後になにがあったか見ていたわけではありません」

とおあきが言い訳した。

「旦那方、それにさ、師走の宵は七つ時分から薄暗いでしょう。おれとおあきが店の前に出した縁台を下げようとしたとき、大川端から小さな悲鳴が聞こえてきたような気がしたんで」

「それでどうなさった」

左吉の問う声が緊張していた。

「薄闇《うすやみ》を透かして見ましたがねえ、大川端に人影はありません。空耳《そらみみ》かと思ったとき、ほれ」

と亭主の謙次郎が店から体を出して路地の奥に狭く見える大川の流れを指した。

「すうっ、と船の影が流れたんで」

「私、その船にあのふたりが乗っていたような気がして、亭主に『ふたりは船に乗ったのかね』って問いました。でも、直ぐに船は、影もかたちも消えていました」

「おかみさん、船にはその他にだれが乗っていたか、見ましたかえ」

「黒っぽい影が何人か。でもはっきりとしたことは言えません」

おあきが首を竦め、

「やっぱりあのふたりに何かあったのでしょうか」

とだれに問うでもなく呟いた。

「すまねえ、灯りを貸してくれませんかえ」

左吉が若い夫婦に頼むと、おあきが店の奥に姿を消して、破れかけた小田原提灯に灯りを入れて持ってきた。

「ちょいと借りますぜ」

小田原提灯を提げた左吉と幹次郎は淡雪からおよそ二十数間離れた大川端に出た。川端に、
ちゃぷんちゃぷん
と波が打ちつけていた。流れには仮宅遊びに向かう猪牙舟か、上流へと向かっていた。

川端は山谷堀と大川の合流部の竹屋ノ渡しと吾妻橋のちょうど真ん中辺りで、葦《あし》が生えた河原に下りる石段があった。

ふたりは灯りを頼りに河原に下りてみた。すると石段の下に小さな駒下駄がひとつ転がっていた。そして、その界隈の地面に乱れた足跡がいくつもあった。

「くそっ」

と左吉が吐き捨てた。

「染井太夫と小桜は攫われたようだな、左吉どの」

「間違いございませんや。だが、今度ばかりは下手人の見当がおよそついていまさあ、逃がしっこありませんぜ」

と左吉が怒りを抑えた口調で幹次郎に応え、幹次郎も頷き返した。

二

鉄砲洲河岸裏の赤松屋敷にはこれまでよりも厳しい見張りがついた。屋敷に出入りする商人や飯炊きらに言葉巧みに屋敷内の事情を訊いたが、だれもが口が堅《かた》かった。だが、昔奉公していたという女衆を探し当てて尋ねると、一分金に目が眩《くら》み、

「殿様は抱屋敷《かかえ》」

で暮らしておられるとの返事をした。

抱屋敷とは幕府から拝領した屋敷ではない。自ら江戸の外などに構えた別宅のことだ。

「御咎小普請の身にしては優雅な暮らしではございませんか」

「どうやら抱屋敷がこたびの騒ぎの拠点ですかな」

と仙右衛門と幹次郎は言い合った。

染井太夫と小桜が攫われた次の日の深夜、赤松屋敷に例の早船が姿を見せた。

そして、数刻置いた夜明け前、水門が開かれ、早船がふたたび出ていった。船中に大きな長持が載せられていた。

幹次郎らは鉄砲洲の河岸にひっそりと泊めた船でその出を待っていた。その目の前を通過した早船は江戸の内海に出ると三丁櫓になって船足を速めた。

幹次郎らの船は一丁（約百九メートル）ほど間を置いて追跡に入った。牡丹屋の老練な船頭の政吉がこのときのために船足の速い猪牙舟を選び、細い船体を黒く塗り潰して闇夜に紛れるように改装していた。そして、こちらも両舷《りようげん》から二丁ずつ短い櫂《かい》が加わるように工夫されていた。

櫂方は会所の金次、宗吉、新三郎に梅次《うめじ》の四人だ。主船頭は牡丹屋の政吉と若手の春太郎《はるたろう》という布陣で、胴の中に幹次郎と仙右衛門が無言で座していた。

早船は大川上流を目指した。

ふうっ

と安堵の息を仙右衛門が吐いた。早船が江戸内海の東へ進めば、波を食らった猪牙はたちまち船足が落ちる。さらには波を被れば浸水の恐れもあった。

「長持の中は染井太夫と禿の小桜にございましょうな」

「間違いなかろう、番方」

大川を新大橋《しんおおはし》の手前まで漕ぎ上がった早船は、小名木川に入り、ひたすら東進した。小名木川が中川《なかがわ》と合流しようという中川口に先代まで赤松家が御番衆を務めていた中川御番所があった。

古くは代官伊奈半十郎《いなはんじゅうろう》が房総方面へと運ばれる船や荷を監視した役所だ。それを寄合席の旗本三家が五日間交代で務めるようになっていた。赤松家もその一家だった。

船が御番所前を通過できるのは、

「明け六つ（午前六時）から暮れ六つ」

と決められて、番所前では、

「笠、頭巾を脱ぎ、乗り物は戸を開けること」

など一応の調べがあったが、明和《めいわ》（一七六四〜七二）頃に至り、綱紀《こうき》は緩んで、

「通ります」

のひと言で済んだという。

そのころより中川御番衆は、無役の寄合に便宜《べんぎ》上、職の名目を与えた程度の閑職である。

船番所の建物が見え始めた辺りで早船の船足がゆっくり落とされた。そして舳

先が小名木川の南岸へと向けられ、葦の生えた原に船体を溶け込ませるように没していった。

「どうやら抱屋敷は近《ちこ》うございますな」

「中川御番衆を務めておったころからの屋敷であろうか」

「今に分かりますって」

政吉が主船頭を務める猪牙舟も葦原に口を開けた水路に舳先を入れた。

入り口付近こそ両側から垂れた枯れ葦で塞がれていたが、葦の扉を潜ると中に幅二間ほどの水路が南進していた。

早船は一丁半（約百六十メートル）も先の水路を進んでいた。

幹次郎らの猪牙は櫂方だけで静かに追跡した。葦原の中の水路は蛇行していたが、早船の姿はあった。それが忽然と気配を消した。

猪牙は闇に紛れて船足をさらに緩めてゆっくりと進んだ。水路からまた別の水路が口を開いて葦原の向こうに灯りがちらちらと見えた。どうやら抱屋敷のようだ。

「番方、奴らの行き先は定まったぜ、どうするね」

政吉船頭が早船を追うかどうかを訊いた。

「この界隈を承知するのが先だな、父つぁん。わっしらはこっちの水路を進みましょう」

と仙右衛門がまず隠れ屋敷付近の地理探訪を政吉に命じた。

「合点だ」

と潜み声で答えた政吉の猪牙舟は早船とは別の水路をさらに五丁（約五百四十五メートル）ばかり進んだ。すると前方から寒風が吹いてきて、中川の流れと合流した。ここは船番所のある中川口からだいぶ下流部と思えた。

「抱屋敷からは小名木川へも中川へも出られる寸法ですぜ。直参旗本の別宅とは思えませんな」

幹次郎は仙右衛門の声を聞きながら、中川の右岸にひっそりと帆を休めた五、六百石積みの船を見ていた。中川のこの辺りまで大型の帆船《ほぶね》が遡上《そじょう》してくるのは珍しい。

仙右衛門もそれに気づいたか、

「ひょっとしたら攫った女郎を上方に運ぶ船かもしれませんな」

「吉原でも名代の染井太夫を得たのだ。この夜明けにも染井らを乗せて船出するやもしれませんぞ、番方」

「花魁衆の身柄をあちらに押さえられているのが痛い。手勢《てぜい》が要りますな、まず今戸橋の七代目にこの事情を急ぎ知らせますか」

「番方、そなたとそれがしがこの場に残ればよかろう」

「百姓舟などあるとよいのだが」

仙右衛門の呟きを聞いた政吉の命で猪牙が中川の岸辺をゆっくりと上下した。するを帆船が泊められた岸辺より数丁（約二、三百メートル）上で漁にでも使うのか、せいぜいふたりしか乗れそうにない小舟を見つけた。舟中には棹《さお》はなかった。

「番方、うちの棹を使いなせえ。それと葦を切るのに鎌《かま》を持っていきなせえよ」

と政吉が猪牙舟の棹と大鎌を渡してくれて、

「今戸橋まで一刻内で往復してきますぜ、それまで花魁の見張りを神守様と番方に願いましょうかな」

と政吉が言ったものだ。

牡丹屋は吉原会所と関わりが深い船宿だ。いわば会所の別動隊の趣があったから、政吉もその気だ。それにしても猪牙舟に大鎌まで用意してあろうとは考えもしなかった。

「父つぁん、頼んだぜ」

棹を握った仙右衛門が小舟に乗り込み、大鎌を手にした幹次郎も続いた。すると猪牙が一気に船足を速めて中川船番所のある小名木川との合流部へと漕ぎ上がっていった。

幹次郎は闇に溶け込む黒い舟影を目で見送っていたが、舫い綱を解いた。

「ちょいと舟をお借りしますぜ」

とだれに言うともなく断わった仙右衛門が棹を巧みに操り、中川からふたたび葦原の水路へと戻っていった。

刻限は月の位置から察して九つ半（午前一時）か。もし、夜明け前に動くとしたらこの一刻半が勝負だ。

幹次郎が乗った小舟はせいぜい一間半の長さで舟縁のぎりぎりまで喫水が上がっていた。仙右衛門は棹を慎重に使いながら、灯りが見えた葦原へと戻った。

「神守様、抱屋敷は中洲にでも建てられておりますかな」

ふたたび水路の南側にかすかな灯りが見えた。

「早船の水路には見張りがおるやもしれぬな、番方」

「ちょいと強引だが、葦原をこの小舟で突っ切ってみますか」

「早速大鎌が役立ちそうだ」

仙右衛門も大鎌があるので葦原を進もうなどと考えたのだろう。細く尖った舳先が葦の原に突っ込まれ、幹次郎は掻《か》き分けられた葦を摑みながら小舟を前進させた。さらに立ち塞がる葦を大鎌で切り払いながら進んでいった。

葦と格闘すること、四半刻、視界が開けた。

葦原に円《まる》い大池があって、その真ん中に島が見えた。どうやらその島が赤松傳左衛門が、

「江戸金」

という金魚の新種を創り出す作業場と推定された。

「こりゃあ、金魚島ですな」

と仙右衛門が呟く。

金魚島の周囲は十数丁(約一・三〜一・四キロ)か。

中川が氾濫《はんらん》して水位が上がっても大丈夫なように水面から高さ一間余の石垣が巡らされていた。そして、鉄砲洲河岸の赤松屋敷からやってきた早船が船着場に静かに舫われていた。

「直参旗本が中川に奇妙な抱屋敷を持ったものだぜ」

仙右衛門は大池の外周をゆっくりと経巡《へめぐ》ろうと考えたか、静かに棹を使った。

幹次郎らは最初金魚島をひとつの島かと思っていたが、島を半周してみると大小三つの島からなり、それぞれが橋で結ばれているのが分かった。

「中川船番所で得た賄賂を金魚島に注ぎ込みましたか。幕府開闢以来、百八十余年、いろんな旗本衆が現われましたが、金魚の新種開発に熱中した直参旗本は初めてのことですぜ」

と仙右衛門が呆れた口調で言った。

「番方、ふたつの小島が金魚を飼育する場と思わぬか」

「覗いてみますかえ」

大きな島に赤松家の用人田之上専蔵らが控えていると推量した仙右衛門が幹次郎に言いかけた。

「よかろう、番方」

「南側の小島に着けますぜ」

仙右衛門が葦原の縁から池の真ん中へと棹を使って小舟を進めた。金魚島を取り巻く池の直径はおよそ半丁から一丁あった。

小島の岸には、氾濫した折り流れ着いたのであろう柳が何本か群生《ぐんせい》して死角を作っていた。

仙右衛門が目指したのはその柳の下だ。小舟が柳の垂れた枝の下に入り込み、幹次郎が手近な柳の幹に小舟の綱を結び留めた。

「番方、参る」

幹次郎は大鎌を持参することにして柳の根元に置き、
ひらり
と小舟から小島へと跳び上がった。せいぜい周囲一丁ほどの広さの小島に平ったい小屋がひと棟建っていた。

仙右衛門が幹次郎の傍らによじ登ってきて、小屋から漏れる灯りを指した。もはや声をかけ合うのは危険だ。

ふたりが行動を起こそうとしたとき、突然、金魚島の主島から犬の吠《ほ》え声が響き渡った。すると人の気配がして、強盗《がんどう》提灯の灯りがさあっと池の周りに照射された。

しばらくして騒ぎが静まった。

ふたりはふたたび行動を開始した。小島の小屋には格子戸が嵌《は》められ、風通しがよいように造られていた。

幹次郎と仙右衛門はそっと顔を上げ、格子窓に寄せた。すると小屋の中には湯船のような四角い木桶《きおけ》がいくつも並び、ひとりの男がひとつの木桶を覗き込んで熱心に観察していた。

「赤松傳左衛門様ですぜ」

大身旗本の風体を留めているとしたら、絹の裁《た》っ付《つ》け袴《ばかま》と腰の脇差だけだ。乱れた髷といい、無精髭の顔といい、まるで田舎の名主然としていた。年のころは四十前後か。深夜、

じりじり

と点された行灯《あんどん》の灯りの下で金魚の改良が行われていた。

「驚きましたぜ」

仙右衛門が呟いたとき、幹次郎は背後に、

すうっ

とした風の流れを感じ、殺気に見舞われた。

仙右衛門の肩を横へ突き飛ばすと自らも、

ごろり

と反対側に転がった。

幹次郎らがいた場所に槍《やり》の穂先が突き出され、小屋の板壁に突き立った。

幹次郎は立ち上がると同時に大鎌の刃を振り流し、槍を突き出した相手の喉元を狙った。一瞬の判断だったが大鎌は喉を斜めに斬り裂いた。

うっ
と小さな呻き声を発して相手が斃《たお》れ込んだ。

幹次郎は仲間の見張りがいるかどうか小屋から漏れる灯りで見回したが、幸運なことに単独行動のようだった。

ふうっ
と地面に倒れたままの仙右衛門が大きく息を吐くと辺りを見回し、小屋の中に注意を戻した。だが、外の気配などまるで関心がないようで赤松傳左衛門は金魚の観察に余念がなかった。

「旗本の身分なんぞさらりと捨てて金魚屋になればいいものを」

仙右衛門が呟き、

「番方、仲間が参るともしれぬ、島からこやつをどこぞに移そうか」

「へえっ」

幹次郎は見張りの喉を掻き斬った鎌を地面に置くと体に手を掛けた。すると相

手の硬直していた体が、
だらり
と弛緩《しかん》した。

ふたりは見張りの手足を持って柳が群生した岸へと引きずっていこうとした。

すると橋を渡る足音が響いて、

「立沼《たてぬま》」

と仲間を呼ぶ低い声がした。

立沼とは幹次郎が斃した相手だろう。

「番方、一旦引き上げだ」

幹次郎と仙右衛門は低い姿勢で柳の下に走り、小舟に飛び移った。

ばたばた
という足音がして強盗提灯の灯りが今までふたりがいた小屋付近で移動した。

「あっ」

という驚きの声が上がり、

「立沼、いかがした」

と問う仲間の声がした。

幹次郎と仙右衛門は柳の幹に顔を隠すようにして小舟に立ち上がった。

立沼を囲んで仲間の武士が膝をついていた。

「いったいだれが」

幹次郎は着流しの男を見ていた。片手を袖に隠した男は俯《うつむ》き加減になにかを思案していた。

「そうざ兄い」

花蕾が攫われた最中、相模屋の女衆のおしなに、
と名を呼ばれるのを聞かれた男だ、と幹次郎は直感した。

「だれぞか島に入り込みやがったぜ」

そうざが呟いた。

ぎょっ
とした様子の侍がそうざを見た。

「総三郎《そうざぶろう》、入り込んだとはどういうことだ」

「分かり切ったことじゃねえか。立沼の旦那が独りで喉を斬ったりするものか」

総三郎が片膝をつき傷口を改めていたが、幹次郎の忘れていった大鎌に目を留めた。

「野郎、この近くに隠れているぜ」

「よし、炙り出すぞ」

浪人者が仲間を見た。

「いや、田之上様に知らせるのが先だ。岩見《いわみ》さん、走りねえ」

と二本差しを顎で使った総三郎が、

「どこから来やがったか」

と金魚島を取り巻く池の向こう、葦の原を見た。

板橋にふたたび乱れた足音がして、田之上専蔵ら一統が姿を見せた。

「総三郎、だれの仕業だ」

「吉原会所が嗅ぎつけたのかもしれませんぜ」

「もう二、三人女郎を攫おうと思ったが、船を出すか」

「それがようございますな」

よし、と田之上が手配りをした。その上で、

「この近くに潜む者を誘《おび》き出して血祭にせえ」

と命じた。

仙右衛門はそっと小舟にしゃがむと棹を使い、金魚島本島に舳先を向けさせた。

小舟が小島の陰に回り込んだとき、今まで小舟が泊まっていた柳の木の下の水面に強盗提灯の灯りが向けられた。

幹次郎は水面を走る光を見ながら、仙右衛門とふたりで金魚島の本島に幽閉されていると思われる染井太夫らの身を無傷で奪還するにはどうすればよいか考えを巡らしていた。

犬が吠えた。

仙右衛門が小舟を石垣の下に泊めて息を殺した。

幹次郎も石垣の上をうろつく犬の気配を感じながら、危難が通り過ぎるのをただじっと待っていた。

三

今や金魚島の全住人が目を覚まし、侵入者の捜索に加わっていた。かがり火が焚《た》かれ、松明《たいまつ》が点されて、暗がりが段々と少なくなっていた。

仙右衛門は灯りに追われながらも闇から闇を伝い、島陰に身を潜めてなんとか逃れていた。だが、ついには大小三つの金魚島の真ん中に追い詰められていた。

強盗提灯の灯りが一筋、さあっと走り、幹次郎らを照らしつけたあと、通り過ぎたがまた戻ってきて止まった。

「田之上様、捕まえましたぜ！」

総三郎の勝ち誇った声が金魚島に響いた。

三つの島を結ぶ木橋に赤松家の家臣や雇われ剣客らが集まり、その中心に浮かぶ小舟に灯りを集めてきた。

それまで姿勢を低くしていた仙右衛門が覚悟を決めたか、棹を片手に立ち上がった。

灯りが仙右衛門に集まった。

「吉原会所の番方と裏同心か。ようもこの抱屋敷を見つけたと褒めておこうか」

田之上の声が灯りの向こうからしたが幹次郎らには見えなかった。ふたりは灯りの放射で目が眩んでいた。

「どうしたもので」

総三郎が問うた。

「裏同心め、なかなかの腕前というではないか。弓で囲んで矢で射殺《いころ》せ」

非情にも田之上が命じ、何人かが母屋に走り戻った様子があった。

「田之上専蔵、ふたりだけでこの島に侵入したと思うかえ。すでに赤松家の抱屋敷を御目付、吉原会所の面々が十重二十重《とえはたえ》に囲んでいるんだぜ」

仙右衛門が嘯《うそぶ》いた。

「なにっ！」

「総三郎、こ奴、でたらめを申しておるのよ。悪足掻きに過ぎぬわ」

と答えた田之上が、

「念のためだ、女郎どもを船に乗せるのを急がせよ」

「へえっ」

「それがしもこやつらふたりの始末をつけて船に参る」

灯りの向こうで上方に染井太夫らを運ぶ手筈が決まった。

三つの橋の上の人影の大半が金魚島の赤松家抱屋敷に走った。そのせいで島を結ぶ橋の上の人影は田之上他数人と少なくなった。

灯りも減ったせいで田之上専蔵と総三郎が最前まで幹次郎らがいた金魚の飼育場のある小島に立っていることが分かった。群生する柳の傍らだ。

幹次郎は政吉船頭らと別れてからの時の経過を考えていた。

未だ一刻には達していまい。四郎兵衛らの助勢が到着するには間がありそうだと思った。

「田之上専蔵どの、そなた、林崎夢想流の達人と聞いた。それがし、加賀国にて眼志流の居合術をいささか修行した。他人様《ひとさま》に吉原裏同心と呼ばれた身、花魁を攫ったそなたを前になにもせんで死んだのでは、四郎兵衛様にも申し開きがたたぬ。またあの世で身の置きどころもないでな。尋常の勝負を願おうか」

幹次郎の申し出に田之上が、

うっふっふ

と含み笑いをした。

「裏同心、時間稼ぎか、浅知恵よのう」

母屋から人影が走り戻ってきた。

弓矢が持ち出されたのだ。弓方三組それぞれふたりずつが三つの橋の上に走り、矢を番《つが》えようとした。

また金魚島の主島から染井太夫らが艀《はしけ》に乗せられる気配がした。禿の小桜の声か、

「太夫、怖いよ」

と泣く声がして、

「小桜、おまえは吉原の禿です、ただの娘ではありませぬ。泣いてはなりませぬぞ」

という凜とした声音の染井の声が聞こえた。

仙右衛門が棹を構えた。

幹次郎は未だ小舟の舟底に片膝をついていた。その姿勢で身を低くし、臍下丹田と両の爪先《つまさき》に力を溜めた。

中川の方向で叫び声が上がった。

わあっ！

という悲鳴が続いた。

どうやら四郎兵衛らが到着したようだ。

「慌てるでない、まずこやつらを射殺せ」

田之上の命が下ったとき、幹次郎は片膝をついた姿勢で舟底を両の爪先で蹴った。渾身《こんしん》の蹴りだった。

ちぇーすと！

夜空に薩摩示現流の独特の気合が響き渡った。

幹次郎の体が虚空に浮かんでいた。

あっ！

弓方から驚愕《きようがく》の声が上がり、幹次郎は虚空にあって腰の一剣を抜き放つと一番近い木橋の、弓方の頭上へと舞い降りた。無銘の剣、刃渡り二尺七寸がひとりの弓方の脳天を強打すると同時に橋板に、

ふわり

と降りて身を沈め、立ち上がったときにはふたり目の弓方の胴を薙《な》いでいた。

さらに幹次郎は木橋の欄干《らんかん》に飛び上がるとそれを利して、右手の橋に跳んでいた。

わあっ！

という恐怖の叫びが弓方から起こり、

「なにをしておる、相手はひとりぞ！」

と叱咤する田之上の言葉が響いた。

恐怖心に襲われた弓方のひとりが逃げ出したが、もうひとりは勇敢にも飛び降りてきた幹次郎に弓を向けようとした。だが、弦から矢が放たれる前に幹次郎の刀が弓と弦を両断していた。

敵が予想もしなかった幹次郎の決死の反撃だった。

虚を突かれた弓方の隙を見た仙右衛門が小舟を橋下に移動させた。これで一先《ひとま》ず飛び道具の標的になることが避けられた。余裕の出た仙右衛門はまず中川の方角を窺った。

光が疾《はし》った。

四郎兵衛が陣頭指揮する会所の面々と、どうやら吉原を監督する町奉行所隠密廻りが同時に出張《でば》ったようで、金魚池に御用船の提灯が近づいてきた。

それを確かめた仙右衛門は用心のために懐に忍ばせていた匕首を抜くと口に咥えた。橋下から欄干の下部に手を掛けて橋上に顔を覗かせた。すると幹次郎の襲撃から難を逃れた弓方ふたりが吉原会所の提灯を掲げた船を呆然と見ていた。

仙右衛門は小舟の船縁を蹴ると橋に跳び上がった。

わあっ！

弓方が仙右衛門の出現に仰天《ぎょうてん》して叫んだ。

仙右衛門が口の抜身を逆手に摑むと、

「どうしなさるね」

とふたりを睨んだ。

そのとき、幹次郎は金魚の飼育場のある小島に橋を伝って戻っていた。

待ち受けていたのは田之上専蔵と総三郎だ。

総三郎は腰帯に差した鳶口《とびぐち》を抜くと拳に唾《つば》を吐きかけて構えた。

「ほう、そなた、火消し崩れか」

「火事場でよ、人ひとりを鳶口で叩き殺して定火消屋敷を追い出されたお兄いさんだ。臥煙《がえん》はちいと気が荒いぜ」

と間合を詰めようとする総三郎に、

「総三郎、おまえ独りで太刀打ちできる相手ではない。おれの後詰《ごづめ》をしろ」

と田之上が落ち着いた声で命じた。

「田之上様、こやつ、それほどの腕前ですかえ」

「おまえとおれが息を合わせなければ斃されるぞ、抜かるでない」

へえっ、と答えた総三郎が田之上に場所を譲った。

それを見た幹次郎はすでに抜き放っていた無銘の剣に血振りをして鞘に静かに戻した。

「田之上どの、林崎夢想流の居合、拝見仕《つかまつ》る」

「加賀の田舎剣法がどれほどのものか、覚悟致せ」

ふたりは腰の剣を居合の位置に直し、柄と拳の位置を取り合った。

間合は二間あった。

田之上専蔵の左後ろに臥煙の総三郎が鳶口を構えて控えていた。

睨み合うこと数瞬、一、二歩と田之上が間合を詰めた。これでふたりの間は一間半に縮まった。

わあっ！

という叫びのあと、

「花魁方、吉原会所がそなたらを助け出しますよ！」

と四郎兵衛の宣告が響き、続いて、

「南町奉行所山村信濃守《やまむらしなののかみ》支配下内与力代田滋三郎である、神妙に致せ！」

と一喝する声が続いた。

その声を耳にした田之上が、

「総三郎、尻に火がついたぜ。ちと急ぐぞ」

と言うと戦いの間合に自ら踏み込んできた。

幹次郎もまた相手の拳が刀の柄に動くのを見て、踏み込んだ。

互いが前進したことで一気に生死の領域に入った。

するり

田之上の林崎夢想流の剣が鞘を離れようとした瞬間、幹次郎の長身が田之上の内懐に入り込んでいた。そして、幹次郎の剣の柄頭《つかがしら》が田之上専蔵の抜きかけた刀の柄を押さえ込んでいた。

ぴたり

と田之上の動きが封じられた。

田之上には思いもかけない一瞬の動きだった。

幹次郎と田之上の顔と顔が間近で睨み合った。

うっ

と動きを封じられた田之上の顔が見る見る紅潮し、かがり火や松明の灯りに青筋が立つのが分かった。

得意の戦法を封じられた田之上の顔に憤怒の表情が漂ったが、その強張った顔が崩れた。

ふっふっふ

嗤《わら》いが漏れた。

「こざかしいわ」

と嘯いた田之上が、

「総三郎、なにをしておる。われらはふたりして動けぬのだ。得意の鳶口でこ奴の脳天を叩き割れ」

「合点承知だ」

臥煙崩れの総三郎が鳶口を振り翳して走り寄ってきた。

次の瞬間、柄頭で田之上の抜きかけた剣の柄を押さえていた幹次郎が肩で田之上の肩を押すと一気に刃渡り二尺七寸を抜き上げて、後ろに後退する田之上の左手に走りつつ胴を撫で斬っていた。

げえっ！

と立ち竦む田之上の体の向こうに総三郎がいた。

よろよろ
とよろめき、田之上の体がその場にくずおれた。

その瞬間、間合一間で幹次郎と総三郎が向き合った。すでに幹次郎の刀は横手から上段へと移し替えられていた。

「糞っ！」

悪鬼羅刹《あっきらせつ》の顔に変わった総三郎が鳶口を構えて飛び込んできた。

幹次郎は相手を存分に引きつけて上段の刃を肩に落としていた。

げ、げげげっ！

と呻いた総三郎の体が横手に吹っ飛んで転がった。

戦いの推移は、対峙していた仙右衛門とふたりの弓方に伝わった。弓方の手に構えられた刀が動揺に震えた。

「無駄な足掻きはやめにしねえ」

赤松家の家臣ふたりが顔を見合わせた。

「刀を捨てるこったねえ。御咎小普請とはいえ、直参旗本の家を潰していいのかえ。今のままなら用人田之上専蔵の専横《せんおう》で事が鎮《しず》められるかもしれませんぜ」

と仙右衛門から救いの言葉を投げかけられ、

「われら、田之上様の指図に従っただけだ」

「いかにもさよう」

と言うと刀を捨てた。

続いて、

「染井太夫らを助け出したぞ！」

の声が金魚島界隈に響き渡り、戦いは終わった。

幹次郎は懐紙《かいし》を出すと刃の血のりを拭い、鞘に収めた。そして、金魚の飼育場に歩み寄って格子戸の中を覗き込んだ。

赤松傳左衛門がたもを手にして木桶から一匹の金魚を掬《すく》い、掌に載せるとしげしげと観察していたが、

「江戸金誕生には色も薄いわ、今一歩じゃな」

と嘆息した。

幹次郎の傍らに人の気配がした。

四郎兵衛と仙右衛門だ。

ふたりは黙って金魚の飼育場を覗き込み、

「ふうっ」

と期《き》せずして溜息を吐いた。

「直参旗本なんぞさらりと捨てて金魚の研究に没頭されるのが赤松傳左衛門様の幸せかもしれませんな」

四郎兵衛の言葉に幹次郎も仙右衛門も大きく首肯していた。

赤松傳左衛門の処遇《しょぐう》は旗本を監督する御目付の到着を待つことになった。

「神守様、まあ、用人田之上専蔵に罪咎《つみとが》を負わせて地獄に送り込むことですねえ。それが一番厄介にならずに済む方法ですよ」

四郎兵衛の言葉が耳に届いたか、赤松が格子窓に顔を向けた。

「どうだ、そのほうら、この江戸金は。やはり色が薄いかのう」

と手にした金魚を幹次郎らに向けて見せた。

「殿様、土佐金や大和郡山の地金に比べて、今ひとつでございますな」

と四郎兵衛が正直に意見を述べた。

「ほう、そのほう、金魚に詳しいのう」

「吉原会所の頭取なんぞをしておりますとな、お客様からの耳学問であれこれと覚えさせられます。ですが、殿様のように心から分かっているわけではございませんので」

「そなた、吉原の者か」

「いかにもさようです」

「吉原からは新奇な品、珍貴なものが流行り出すというではないか。予《よ》が苦心を重ねた江戸金が誕生した暁《あかつき》には吉原で展示をさせてはくれぬか」

「殿様、それはよいお考えですよ。いつ赤松江戸金は誕生しますかな」

「あとひと夏かふた夏かかるかのう」

「ただ今吉原は火事で焼け出されて江戸のあちらこちらに散って仮宅商いをして

おりますがな、再来年《さらいねん》の夏には新しい吉原が完成する予定にございます。赤松の殿様、吉原の新築披露に赤松江戸金で花を添えてはいただけませぬか」

「そなた、名はなんと申す」

「吉原会所の四郎兵衛にございます」

「四郎兵衛、なんとしても再来年の夏前までには新しい金魚を工夫してみせるぞ。その折りは吉原での披露、頼んだぞ」

「たしかに承《うけたまわ》りました。仲之町の花魁道中の先頭を殿様がお創りになった江戸金が練り歩きますぞ。これは間違いなく江戸で大評判を呼びます」

「四郎兵衛、力が湧いてきたぞ」

御咎小普請の身に落とされたことなど赤松傳左衛門はなんとも思っていないのだ。愛好する金魚の新種を生み出す、新しい美を工夫する、そのことしか念頭にないのだ。

赤松は手にしていた金魚をそっと桶に戻した。

「神守様、わっしら、女郎を攫われて怒りを覚えておりましたが、赤松の殿様にはなんの罪もない。それより私の胸の中に爽やかな風が吹き渡ったようですよ」

幹次郎は四郎兵衛の言葉に頷きながら、

殿様の　み手に夢あり　冬金魚

下手な五七五が脳裏を過《よぎ》った。

四

幹次郎が助け出された染井太夫らと会ったのは、会所が手配りした御目付一行が到着したのちのことだ。

直参旗本を監督する御目付には四郎兵衛自ら応対した。

そのとき幹次郎は、すでに政吉が船頭を務める吉原会所の船に乗り込んでいた。するとそこに仮宅から誘き出された遊女五人と禿の小桜が黙りこくって乗っていた。

船中の女郎らには綿入れがそれぞれ渡され、師走の夜明け前の寒気から身を守っていた。

救い出された六人は町奉行所の内与力代田らに勾引された折りの経緯を訊かれ、

それぞれ仮宅に戻ることが許されていた。

「神守様、船を出しますぜ」

政吉が抱屋敷を退去してよいかと訊いた。

「願おう」

幹次郎の存在はむろん南北両町奉行所には知られていた。だが、御目付は承知していなかった。あるいはその存在を知っていたとしても吉原会所が浪人神守幹次郎を雇い、遊里の厄介ごとの後始末にその剣の腕前を利用している、そのことを御目付や幕閣に大っぴらにするには差し障りがあった。そこで四郎兵衛は、騒ぎのあった金魚島から幹次郎を染井太夫らと先に帰そうと一計を案じたのだ。

船が葦の原を抜けて小名木川に出たとき、幹次郎の傍らの花魁が、

「汀女先生のご亭主様にございますね」

と声をかけてきた。

夜明け前の最も闇が濃い刻限だった。

政吉の船の提灯は女郎らの願いで灯りが落とされていた。

赤松家の抱屋敷金魚島に幽閉されていて、湯にも入れない暮らしを強いられていたのだ。汚れた姿を曝《さら》したくない、粋と張りと見栄に生きる吉原の遊女の沽券《こけん》

に関わることだからだ。

だが、幹次郎に声をかけた花魁は配られた綿入れを身に掛けようとはせず、膝に禿を引き寄せてその体を包んで、自らは端然と座していた。

染井太夫だ。

死んだ花蕾に続いて幽閉の日数が長い北国屋の文奈、磯千鳥はすでにその期間が二十数日に及ぼうとしていた。

だが、染井太夫と禿の小桜は金魚島に連れてこられて二日目、そのせいで待乳山聖天にお参りに出た姿のままだった。その上、闇の中とはいえ、太夫を張る染井の凜とした矜持《きょうじ》と威勢が幹次郎に伝わってきた。

「いかにもさようにござる」

と応じた幹次郎は、

「皆々様、とんだ災難にござったな」

と労うと染井太夫が、

「会所の神守様が必ずや助けに参られると私ども話し合うておりました」

「太夫、皆様のお命を守ったのは吉原会所の面々、それがしは下働きのひとりに過ぎませぬ」

「いえ、それは違いまする」

染井の声が冷気とともに伝わってきた。

「私どもが焼け出された遊里炎上の折り、炎の中に取り残された三浦屋の薄墨太夫を、身を挺《てい》して救い出されたのは神守幹次郎様でございましたな。こたびもまた必ずや神守様が助けに参られると信じておりました。番方に聞きましたが、やはり神守様があの抱屋敷を探り出してくれたそうな」

「太夫、それがしのことをそれほどに信じていただいたとは嬉しいかぎりにござる。じゃが探索の切っ掛けを探り出してきたのは、身代わりの左吉どのと申されるそれがしの知り合いでな」

「そのような方が私どものために」

「吉原会所挙げての探索にございました」

「神守様が用人田之上専蔵と臥煙の総三郎を始末してくれたそうな」

「それが務めにござってな」

と答えた幹次郎は勾引しに遭った経緯を訊いた。

「仮宅の暮らしに入り、つい油断しました」

「甘味屋の淡雪近くの大川端で襲われましたか」

承知でしたか、と頷いた染井太夫が、

「小桜の大川端を見てみたいという考えに私も迂闊《うかつ》に乗りました。夕暮れの刻限を思えば、もう少し慎重であるべきでございました。河原に下りたところをいきなり数人の男どもに襲われました。あとで何度も考えましたが小桜と私のふたり、待乳山聖天辺りから見張られていたように思えます。小さな禿に怖い思いをさせました」

とすまなそうな声で言い、ふいに幹次郎の膝に置いた拳が染井の手にやんわりと包まれた。そして、顔がすうっと寄ってきて幹次郎だけに聞こえる小声で、

「神守様にこたびのお礼をなんとしても致さねば染井の気持ちが収まりませぬ。わちきの使いが密かに神守様のもとに参ります、そのときはお断わりはなしでありんすえ」

と甘くも囁《ささや》かれた。

「吉原のため、花魁衆のために働くのがそれがしの務め、礼は無用に願おうか、太夫」

「小名木川は女の溜息が流れる川と聞いたことがありんす。薄墨太夫が羨ましゅうありんす」

と囁いた染井の顔が遠のき、最後に幹次郎の拳を包んでいた染井のやわらかな手が離れていった。

幹次郎は気を鎮めると、船中に綿入れを頭から被って寒さを避ける影に問うた。

「北国屋の文奈、磯千鳥花魁はおられるか」

すると幹次郎と染井太夫から一間ほど舳先に寄った綿入れが動き、顔が覗いた。

「わちきが文奈にありんす」

と里言葉で答えた文奈に、

「そなた、三扇楼の花蕾花魁と一緒になったことがあったか」

と問うとしばし重い沈黙があったあと、

「ありました」

と里言葉ではなく下野訛《なま》りで答えた。

「花蕾花魁がどうなったか、そなた、承知か」

また沈黙があった。

「死になされたな」

船中に重い言葉が響いた。

「いかにも自ら命を絶たれたように思われる。だが、花蕾が自ら死を考えた経緯が分からぬ。承知なれば教えてくれぬか」

「私とおさよさんが花蕾さんと一緒に繋がれていたのは数日なのか、もっと長い間だったのか、ぼうっとしてよう分かりませぬ。花蕾さんは気位の高い花魁でございました。不作法なあの者たちの言動をすべて嫌っておいででした。またあの者たちが命じることに一切耳を傾けず、聞こうとはなされなかったのです。そのせいで女ならば耐えることのできない厳しい仕打ちに度々遭っておいででした」

文奈の言葉にもうひとつの綿入れが動き、

「花蕾さんが舌を噛み切られたのは、奴らのだれかが、おまえは上方に連れていかれて別の岡場所に売られる身だと脅した日の夜のことでした」

と言うと泣き出した。

磯千鳥の本名はおさよというのか。そのおさよが朋輩の言葉を補った。

「明け方、花蕾花魁の亡骸がどこかへと運ばれて消えました。その後、私どもの扱いが変わり、あまり意地悪もされなくなりました」

「そうか、そうであったか。花蕾花魁の命を助けられなかったのはわれらの力不足、なんとも痛恨の極みにござる」

と幹次郎が吐き出した言葉に、

「神守様」

と染井が呟くとまた幹次郎の震える拳を包んでくれた。

中川口にある御咎小普請の抱屋敷の騒ぎから数日、静かな日々が続いた。

神守幹次郎はできるだけ時間を作り、下谷山崎町の津島傳兵衛道場に通い、体の中に残ったもやもやを汗と一緒に洗い流そうと熱心に稽古に励んだ。

そんな一日、津島道場の稽古のあとに今戸橋の牡丹屋に立ち寄ると、このところ顔を合わせることがなかった吉原会所七代目の四郎兵衛が表口に立っていた。形から見てどこぞに出かける感じがした。

昼前の刻限だ。

「あの夜明け以来にございましたな、四郎兵衛様」

「神守様の汗を掻かれたお顔の様子ですと朝稽古の帰りですかな」

「いかにもさようです」

「ちとお付き合いくださらぬか」

「承知致しました」

幹次郎は脱いだばかりの一文字笠をまた被り、紐を結んだ。

師走だというのに穏やかな日差しが山谷堀に降っていた。

「行ってらっしゃいまし」

と若い衆に見送られた四郎兵衛の足は日本堤に向けられた。

幹次郎は渋い鉄錆色《てつさびいろ》の羽織を着た四郎兵衛の半歩あとに従った。

日本堤、通称土手八丁に往来する人影は少ない。むろん吉原が焼尽して吉原に出入りする商人も客もいないせいだ。

「やはり土手八丁には遊客を乗せて浮き立つような早駕籠が似合いますな」

「あと一年数月、万灯の灯りに浮かぶ御免色里を見ることができぬと思うとなんとも寂しゅうございます」

「神守様もすっかりと吉原者におなりになった」

と笑った四郎兵衛が、

「江戸幕府開闢の折りから続いてきた直参旗本赤松家は断絶致しました。昨日の五手掛《ごてがかり》の評議で決まりました」

五手とは大目付、御目付、寺社奉行、町奉行、勘定奉行の合同の評議で、幕府の最高意思決定機関といえた。これに老中、若年寄が加わることもあった。

赤松家は先の失態で御咎小普請入りしていた。今度の花魁勾引し騒ぎで、もは

や、

「家名存続することは叶わず」

の厳しい処断が下されたのだろう。

「騒ぎを主謀したのは用人田之上専蔵ということで決着し、田之上は責めを負うて自裁したというご判断が示されましたそうにございます」

幹次郎が斬り捨てたということを公にできるわけもない。この処置のためにこの数日四郎兵衛は走り回っていたのだろう。

「赤松傳左衛門様のお沙汰はどうなりましたか」

「それでございますよ」

となんとなく安堵の表情で応じた四郎兵衛は、煤竹《すすたけ》売りが行く山谷堀の対岸を見た。

「赤松様の抱屋敷を入手したのは先代にございましてな、それがためにこたびの沙汰の中で抱屋敷を召し上げることは除外されました」

「ほう」

「赤松傳左衛門様と限られた小者《こもの》らがあの屋敷に住まいして、新しい金魚、江戸金を改良飼育すること随意《ずいい》という沙汰にございます。幕閣にとっても新しい江戸名物の誕生は歓迎すべき事柄ですからな」

「ようございましたな」

幹次郎は騒ぎの最中にも、金魚の観察から注意を逸《そ》らすことなくわが世界に没頭していた赤松の風貌と挙動を懐かしく思い出していた。

「その代わり、吉原会所が赤松様の面倒をみて、再来年の夏には江戸金を売り出せとの命が下されました。有難いような有難くないような」

と言う四郎兵衛の顔には笑みがあった。

「四郎兵衛様、それがし、金魚がさほど江戸の通人に愛好されるとは考えもしませんでした。赤松傳左衛門様が改良を加えられようという江戸金は、粋人通人の間に人気を呼びますかな」

「世間とは奇妙なものでしてな、大飢饉《だいききん》や打ち壊しの流行る天明期にあっても金を持っている御仁はいるものでして、珍奇《ちんき》なものに何百両を注ぎ込むことも厭《いと》いませんので。私も赤松様と短い時間ながら金魚談義を致しましたが、赤松様が思い描く江戸金が創り出せれば、絶対に江戸で話題になりますよ。ならなければこの吉原が売り出すまでにございます」

ふたりはいつしか見返り柳の植えられた五十間道の入り口に差しかかっていた。

「おおい、幹やん、七代目、よい御日和《おひより》でございますな」

と足田甚吉の声が土橋の上に響いた。

振り向くと甚吉は笹がついた青竹を何本も肩に担いでこちらにやってきた。

「甚吉、料理茶屋山口巴屋の煤払いの竹か」

「いかにもさようだ。入会地の竹藪《たけやぶ》でもらってきたところだ」

「ご苦労だな、料理茶屋の奉公には慣れたか」

「大きな声では言えんが五十間道の引手茶屋より随分賄い飯がよいぞ、おれはずっと山口巴屋様で奉公してもよい」

「そなたのように直ぐになんでも口にする男衆は七軒茶屋筆頭では務まるまい、諦めよ。そのような考えでは相模屋様の仕事もなくすぞ」

「それは困った」

豊後岡藩の下士中間長屋で物心ついたときから一緒に育ってきた幼馴染の遠慮のない会話を四郎兵衛がにこにこと笑いながら聞いていたが、

「甚吉さんの奉公先はあくまで相模屋さんですぞ」

と釘を刺した。

「承知していますって、七代目」

笹竹をゆさゆさと揺らしながら甚吉が五十間道を下っていった。浅草田圃を抜けて広小路に出るつもりか。

「甚吉さんも神守様がおられて幸せ者ですよ」

「父親になるというのにあの態度です」

「子の顔を見ると変わりますよ」

四郎兵衛はさらに山谷堀を三ノ輪の方角へと進んでいった。

幹次郎はなんとなく四郎兵衛が訪ねる先の見当がついていた。果たして三ノ輪の辻に差しかかったとき、四郎兵衛の足は三差路《さんさろ》の角にある浄閑寺の山門に向けられていた。

「騒ぎの解決を待って花蕾の初七日《しよなのか》を催すと秋左衛門さんから知らせが参りましたのですよ」

「名栗村にも遺髪が届いた頃合でしょうか」

「あちらでも弔いが行われているかもしれませんな。ですが、花蕾の供養《くよう》が江戸でも行われているなんて親兄弟は知りますまい」

山門を潜るとき、四郎兵衛は足を止めて頭《こうべ》を垂れ、合掌した。

浄閑寺は引き取り手のない女郎の投込寺としてこの界隈では知られていた。この境内の無縁墓地には数多の遊女たちがひっそりと眠っているのだ。

幹次郎も四郎兵衛を見習い、手を合わせた。

「四郎兵衛さん」

と本堂から秋左衛門の声が響いた。

「おお、もうお見えか」

ふたりが本堂に行くと花蕾の楼の主、三扇楼の秋左衛門の他に、北国屋新五郎、それになんと北国屋抱えの文奈、磯千鳥の花魁ふたりも地味な形で姿を見せていた。

「これは驚いた、新五郎さんもお出でになりましたか」

「いえね、文奈と磯千鳥に聞いて、花蕾花魁がふたりの身代わりに立ってくれたようで、初七日と聞き、お線香くらい手向《たむ》けようと参りました」

「それは奇特な」

ふたりが本堂に上がり、浄閑寺の和尚の海源《かいげん》が法衣に身を包んで姿を見せた。

読経がまさに始まろうとしたとき、一同の背後で声がした。

「遅くなりました」

幹次郎らが振り向くと染井太夫が楼主の揚羽楼庄兵衛と一緒に本堂の階《きざはし》を上

がって姿を見せた。

薄墨と人気と芸を二分する染井太夫がまさか花蕾の初七日に姿を見せようとはだれも考えもしなかったことだ。

「太夫、貴重な時間を取らせて相すいませんね」

と秋左衛門が恐縮した。

「三扇楼様、わちきも花蕾様と同じ目に遭《お》うたひとりにありんす。なんとしても線香を手向けとうて主様《ぬしさま》にお頼み申しました」

と言うと艶《えん》を湛えた視線を幹次郎に向け、微笑んだ。

花蕾こと武州名栗村生まれのおようの初七日は思いがけない染井太夫の参列で哀しみの中にもほのぼのとした雰囲気で滞《とどこお》りなく行われた。

秋左衛門は浄閑寺の宿房《しゆくぼう》にお斎を用意してくれていた。

忙中閑《ぼうちゆうかん》あり。

師走の一刻、一同は花蕾の思い出を語り合いながら酒席をともにした。そして、その席で秋左衛門が、

「祖父《じい》様の代からの妓楼の主ですがな、花蕾ほど主孝行の遊女は知りません。このたびの仮宅は番頭が亡くなり、私が怪我をしたこともあって出遅れました。仮宅

は決して地の利も足の便もようございません。客がまばらな日が続いておりましたが、花蕾はその死をもって客を呼び戻してくれました」

としみじみ挨拶した。

「いや、秋左衛門さんや、そなたの人徳が客を呼んだのですよ。投込寺でかように手厚い弔いをしてもらった花魁はめったにいませんでな」

と海源和尚が答えたのは一座を代弁したものだ。

「仮宅でばらばらになった妓楼主や遊女の気持ちを花蕾花魁がひとつに繋げてくんなました。なにより花蕾様は私どもに吉原女郎の気概と志《こころざし》を教えて逝かれんした」

染井が和やかなことばで、花蕾ことおようの初七日を締め括《くく》った。

第五章　馴染迎え

一

仮宅商いの吉原各見世に師走らしい日々が戻ってきたのは、三ノ輪や金杉《かなすぎ》辺りの鳶の者が、

「御代《みよ》はめでたの若松《わかまつ》様よ」

と歌いながらそれぞれお出入りの妓楼の仮宅を臼《うす》や杵《きね》を抱えて訪れ、餅搗《もちつ》きを行う二十日の頃合だ。またその時分になると遊女たちは正月松の内の馴染を呼ぶために一見情愛を塗《まぶ》した文を書き送った。

箸《はし》の有るだけ　書いて出す　暮れの文

と川柳に詠まれた光景があちこちで見かけられることになる。というのも馴染

になると吉原では一人ひとりの客の箸を用意していたからだ。

そんな日の昼下がり、幹次郎は汀女と連れ立って仮住まいの長屋を出た。

「おや、師走というのに汀女先生は旦那とお出かけかえ」

「仲がいいやね、うちなんぞ何十年も連れ立って外に出たことなんてないよ」

と井戸端から女衆が声をかけ、

「並木町の料理茶屋山口巴屋さんに呼ばれたのですよ」

と汀女が応じると、

「あっ、そうそう。今日、三浦屋の仮宅から花魁が山口巴屋まで客を迎えに出るってね」

とさすがに吉原勤めの者ばかりが住む長屋だ、打てば響いて答えが返ってきた。井戸端の女たちは大根を木の大樽に漬ける作業に追われていた。

「さすがに花魁道中を廓外で披露するわけには参らぬでな、慎《つつ》ましやかに馴染迎えと称して道中の一端を見せようというわけじゃ」

「仮宅で身ばかり売り買いするのもつまらないものね」

「そういうことにございます」

と汀女が挨拶してふたりは長屋の木戸を出た。すると、

「汀女先生のとこの大根も漬けておくよ」

という声が背を追ってきた。

「有難うございます」

汀女が振り向いて丁寧に頭を下げた。

ふたりは土手八丁と平行する浅草田町の裏路地を出て、浅草山川町《やまかわちょう》の辻で浅草寺中が左右に並ぶ道を選んだ。山谷堀に出ることなく浅草寺門前町に出る近道だ。

「幹どの、今年もあと僅《わず》かにございますな」

「いかにも気忙《きぜわ》しいわ」

「近ごろなんぞ詠まれましたか」

と汀女が幹次郎の顔を窺い見た。

「そのような余裕もないが、金魚島で頭に浮かんだ五七五がある」

「どんなものですね」

「姉様に披露するほどのものでもないが」

と断わった幹次郎が、

「殿様の　み手に夢あり　冬金魚、と捻ってみた。手直しが利くかのう」

汀女は口の中で幹次郎の詠んだ句を何度かなぞっていたが、

「殿様の　み手に夢あり　冬金魚、とは幹どの、秀作です。どこも手直しできませぬ。それが幹どのの句のよいところ」

と年上の女房がいつものように褒めてくれた。

「赤松傳左衛門様は無垢《むく》のお人であったでな、金魚一筋の気持ちを詠みとうなったのだ」

「世俗の利など求めておられぬ殿様の一途《いちず》が見えます。幹どのもまたその心に打たれて素直に詠まれた。それが真の句上手です」

「句上手もなにも頭に浮かんだ言葉そのままだ」

「それでよいのです」

と汀女が褒めたとき、どこぞの仮宅から景気よく餅搗く音が響いてきた。

「姉様、山口巴屋の手習い塾はどうだな」

料理茶屋の広座敷を借り受けての手習い塾が始まったと聞いていたが、詳しいことを知らなかった。そこで話柄を変えたのだ。

「これで二度ほど催しましたがな、廓内で持ち回りに座敷を借りての手習いより も多くの遊女衆が集まられましたよ。それも初回より二度目が多く遊女衆が集まられ、賑やかでした」

「真か」

狭い遊里で開かれてきた手習い塾と異なり、簡単に通える距離ではない。本所深川に散った仮宅から浅草までは大川渡りが待ち受けていた。橋であれ、渡し船であれ、時間がかかる。その分、汀女塾の弟子が少なくなろうと幹次郎は案じていた。

「私もその日までいつもの半数、いや、三割方の花魁が集まればと考えておりました。ところが一番遠い深川永代寺門前町の仮宅からわざわざ猪牙舟で吾妻橋際に着けられた三人を皮切りに続々と集まられ、なんとその半数近くが初めての顔にございました」

「どういうことかのう」

「幹どの、薄墨太夫とあれこれ話し合いましたがな、ある考えで一致致しました」

「ふたりはどのような答えを導き出されたな」

幹次郎と汀女は随身門へと曲がって浅草寺境内に入った。

「遊里は世間では悪所などと呼ばれ、女郎衆は苦界に身を沈めるなどと自嘲《じちょう》なされますな。ですが、その土地に参らねばならなかったのはそれぞれ事情があってのこと、その苦界に身を置いた花魁衆にとって住めば都です。ふだんは鉄漿溝と高塀に囲まれてままならない暮らしをかこっておられたが、火事で焼け出され、それぞれが散り散りになってみると奇妙にあの遊里が懐かしいのだそうです。薄墨様がそう申されておりました」

「その気持ち、遊女でなくともよう分かる」

「幹どのもそんな気持ちですか」

「先日も四郎兵衛様に同じようなことを申して神守様もすっかりと吉原者になられましたなと笑われたが、これは御免色里が消えて分かった心情かもしれぬ」

汀女が微笑んだ。

「姉様にはそう思えないか」

「幹どの、私も吉原女のひとりにございますよ」

「そうか、そうだろうな」

「川向こうの本所深川に行かされた花魁衆は、吉原を離れて吉原の住み心地が改めて分かったのではないか。すると寂しさが募って他楼の朋輩衆に会いたくなったのではないかと、これは薄墨太夫の推量にございます」

「その気持ちも分からんではないぞ」

「そんなわけで私ばかりか薄墨様方も大忙しで、初めての弟子に字の稽古から文の書き方と教えておられました」

「それはなによりではないか」

「妓楼の主や女将様方も抱え女郎が手習い塾に行くと生き生きとした顔で戻ってくると喜んでおられますそうな。おそらく本所深川から川を渡ってこられる花魁衆は道中、市井《しせい》の暮らしぶりを眺めたりしてそれだけでも気持ちが晴れやかになるのではございませんか」

「いかにもそうであろう」

浅草寺本堂の前で足を止めたふたりは師走の微風《そよかぜ》にたなびく線香の煙を手で掬い、互いの体に掛け合って浄《きよ》めた。そして、本堂に上がると無心に手を合わせて日々の暮らしを感謝した。

お参りを終えたふたりは石段を下りて参道を雷御門へと向かった。

「とは申せ、どこの妓楼も女郎衆を信用されるところばかりではございません。中には男衆に見張らせて手習い塾に花魁を送り込まれる見世もございます」

「それは致し方あるまい。遊女三千人の色里と呼称されるが、楼主と女郎が心をひとつに通わせているところばかりではないからな。男衆をつけて手習い塾に通わせるだけでもよしとせねばな」

「いかにもさようです。中には女郎を外に出すなど以《もっ》ての外と吉原にいたとき以上に厳しい見張りをさせておる仮宅もあるとのことです。籠の鳥であればこそ、一時の勝手気ままを授ける情けが大事と思うのですが」

と汀女が嘆息したとき、参道に醬油《しょうゆ》の香ばしい匂いが漂った。

幹次郎がくんくん鼻を鳴らすと、

「煎餅《せんべい》を焼いておる匂いです。幹どの、賞味していきますか」

「いや、馴染迎えの道中に遅れてもならぬ。山口巴屋に先に参ろう」

ふたりは雷御門の大提灯の下を潜り、広小路に出た。

もはや浅草並木町の料理茶屋山口巴屋はすぐそこだ。なんとなく気忙しい広小路の人込みを斜めに突っ切ると並木町の路地口が見えた。

路地には松飾りを売る露店が並んでいた。

「いよいよ正月じゃな」

「子でなくともなんとのう待ち遠しいものですね」

そんなことを答えた汀女の手が下腹をそっと触った。

「どうした、姉様」

「幹どのとの子が生まれればどれほど幸せかと思うたまでです」

「子は授かりものというでな、気に致すな」

「そうでもございましょうが」

雑踏の中でふたりは足を止めて顔を見合わせた。

「幹どのの子がおればどれほど気が楽かと思いました。私のせいで子が宿らぬのでございましょうか」

「姉様、そんなことを考えるものではない。無駄な気苦労というものだぞ」

「そうでございましょうか」

いつもの汀女らしくなく、いつまでもそのことに拘《こだわ》った。

「つい先日も薄墨様になぜ先生方は子をお持ちになりませぬと訊かれました」

「太夫が珍しいことを質したものだな。で、姉様はなんと答えられた」

「仲がようてどうやら子が宿らぬのかと」

汀女が顔を赤らめ、さっさと人込みの中を歩き出した。

幹次郎が追いつこうと足を速めると汀女がいきなり振り返り、

「薄墨様は汀女先生がお産みにならないのなればわちきが代わりに幹次郎様の子

を宿しますと冗談めかしておられましたが真顔で申されました。どうなされますな、幹どの」

汀女が真剣な表情で幹次郎を見た。

「姉様、あちらは天下の太夫、こちらは会所の裏同心の身じゃぞ。そのようなことがあろうはずもないわ」

と一笑に付す幹次郎を汀女が複雑な顔で見返した。

山口巴屋の門前には馴染客迎えの行列を見るためか、素見の男衆がすでに集まっていた。また門前は打水がいつものように丁寧になされて門柱の下には縁起を担いで盛塩が飾られてあった。

「裏口に回ろうか、姉様」

すでに馴染客が座敷に上がっている様子にふたりは裏口へと回った。すると裏木戸から酒屋の小僧が届け物でもしたか出てきて、ふたりに、
ぺこり
と頭を下げた。

「ご苦労様でした、小僧さん」

汀女の言葉に小僧が振り向き、

「味醂《みりん》を届けたんですよ」

「気をつけてお戻りなさい」

「はーい」

と答えた小僧が霜焼《しもや》けの手を振ってにっこりと笑った。

料理茶屋山口巴屋の台所は引手茶屋のときよりも料理人の数が増えて、それだけにぴーんとした緊張が漂っていた。

板の間には高足膳が並べられていたがその上には料理は盛られていなかった。夕刻の客のための膳だろう。

「あら、汀女先生に神守様」

と江戸小紋をきりりと着た玉藻が目敏くふたりの姿を認めて言った。

「なんぞ御用はございますか」

「先生、よかった。夕方のお客様の料理がいくつか昨日の話から変わったの。仕入れはしたんだけど品がよくないと板さんが言うものだから、他のものと替えたの」

「お品書きを書き換えればようございますね」

汀女が早速袖口を帯に挟み込み、帳場に向かった。

「神守様、いきなり汀女先生を使い立てして御免なさい」

「玉藻様、それが姉様の仕事ゆえな。こちらは三浦屋様の太夫方のお迎えを見物に来た身です」

すまなさそうに笑みを返した玉藻が、

「あら、そうそう」

と幹次郎に寄ってきた。

「神守様、お顔に女難の相が表われておりますよ」

「なにっ、そのようなものが」

と慌てて幹次郎が手で顔を拭おうとすると、けらけらと笑った玉藻が、

「神守様、女難の相は手で拭ったくらいでは落ちませんよ。先日、金魚島からの帰り船で染井太夫とねんごろにお話をなされたとか。薄墨様がお怒りになってましたよ」

「たしかに染井太夫とは話したが、差し障りのあるようなものではない。第一、薄墨太夫に怒られる謂《いわ》れがあろうか」

「さあてね、神守幹次郎様は等しく遊女衆の守り神ですが、薄墨太夫は神守様を

格別に命の恩人と崇《あが》めてますからね、そんな気持ちも湧くのでしょう。ともあれ吉原に馴染の分限者よりも、さらには大身旗本の殿様よりも女郎衆の間で神守幹次郎様人気は高うございますよ」

と笑った。

「玉藻様、深い縁がないゆえの虚《うつ》ろの人気にございます。せいぜい虚ろが剝《は》げぬように精を出して働きます」

「そのような言葉で薄墨様のご機嫌が取り結べましょうかな」

と笑いを残して玉藻が帳場へと去った。

(どうしたものか)

と思案する幹次郎の目に奥から四郎兵衛が羽織袴で姿を見せた。吉原会所の七代目の頭取は同時に引手茶屋、ただ今の料理茶屋山口巴屋の主でもあった。馴染の客の座敷に挨拶にでも出たのであろうか。

「このような紋服を着込むとどうも肩が張っていけませぬ」

とさっさと羽織を脱ぎ捨てた。

「門前には市中で催される花魁道中を見ようとすでに素見の男衆の姿がございました」

「町奉行所とな、折り合うのにえらく苦労しました。ご存じの通り花魁道中は仲之町の茶屋に客を迎えに出る習わしがいつしか賑々しい見世物にと変じたものです。むろんお上が許されたのは廓内のことです。長柄傘《ながえがさ》を立てようと三味線を弾こうと許されましたが、町屋の中ではそのような派手は許されません。と申してお店の女衆が客を迎えに出るのではございません。吉原らしい趣向がございませんと折角《せっかく》の企てもつまりませんでな」

と四郎兵衛がにんまりと笑い、

「なんぞ新規の工夫がございますので」

「百聞は一見にしかず、まずはご覧になってくださいな」

と得意げな顔をした。

「そうだ、忘れておりました。神守様、近々身代わりの左吉さんに会われる用事はございますか」

「なんぞ御用ですか」

「いえ、過日の花魁勾引しの一件、左吉さんの助勢がなければ染井太夫らが上方に売り飛ばされておりました。そこでな、その折り、女郎を攫われた妓楼の主方が気持ちじゃと会所に礼を届けましたんでな。その一部を左吉さんにと思うたまでです」

「ならばこれから馬喰町まで出かけて参りましょうか。馴染迎えの趣向までまだ一刻はございましょう」

ならば、と頷いた四郎兵衛が玉藻を呼んで礼金を用意させた。すると玉藻がふたりの目の前で、

「お父つぁん、これでようございますね」

と袱紗《ふくさ》に二十五両の切餅を包んだ。

浅草並木町から馬喰町へは御蔵前通りを通じてほぼ一本道、幹次郎の足ならば四半刻とかからなかった。

だが、虎次が親方の一膳めし屋には左吉の姿はなかった。

「おや、神守の旦那、身代わりの旦那は本職で神奈川宿《かながわしゆく》だかに出かけられたぜ。二、三日は戻ってこまい」

「それは残念」

「急ぎの用か」

「いや、過日の左吉さんの働きに吉原会所の七代目がお礼を届けてくれと申されたのだ」

「金子かえ、預かろうか」

虎次親方と左吉の仲は深い縁《えにし》に結ばれていることが分かっていた。

「そうだな、願おうか」

「証文を書こう。一体いくらと書けばいいかな」

「二十五両だ、調べてくれ」

袱紗を解いた虎次が、

「さすがに吉原会所だな、切餅ひとつ、たしかに預かり候《そうろう》」

と言いながら帳場の穂先がちびた筆を握った。

二

幹次郎が浅草広小路に戻ってきたとき、七つ半の刻限だった。

師走のことだ。日はとっぷりと暮れかけていた。広小路のお店の軒から鬼灯提灯がぶら下がり、灯りが入って広小路一帯を祭りの宵のように煌々と明るく照らしていた。

その灯りの下に無数の人々がいた。

（まさか馴染迎えに集まった人々ではあるまい）

と幹次郎は思ったが、男が多い人声を聞くと、吉原が廓外で初めて催す行列を見物する群れと分かった。

（さすがに四郎兵衛様の仕掛けられることは違う）

と感心する幹次郎は肩越しに人込みの間に開かれた明地を見た。それは浅草寺領東仲町から同じ浅草寺領並木町へと続いていた。

「浅草寺の雷門も驚く寸法だぜ、馴染客の迎えにこと寄せて花魁のお練《ね》りが見られるよ」

「それも大門の外ときた」

「当代の一、二を争う染井太夫と薄墨太夫がお練りの皮切りを務めるってね」

「おうよ、二輪の名花が広小路に競い咲く様子が見られるんだぜ。寒さなんぞは我慢だ」

と仕事帰りの職人が肩に道具箱を担いで言い合っていた。するとその隣ではどこぞの隠居が風体から察して番頭と思えるお店者に、

「おまえ様、集金の帰りの金子を染井様に注ぎ込むんじゃないよ」

「ご隠居、私が下っ腹に手をやっているからって、財布を押さえているわけじゃ

ございませんよ。最前からこの寒さに腹がしぶってますがな、ふたりの太夫の行列と聞いては足が止まる道理だ。だれがなんと言おうと漏らしたって見物していきます」

「汚いね」

「ご隠居、なんたって薄墨は天下一の女と思うてますが、ご隠居は染井太夫のようだね」

「凜として美しいのは薄墨太夫だ。ですが、妍《けん》のある染井の顔も見逃しにはできませんよ。わたしゃ、三千世界《さんぜんせかい》の鴉《からす》を殺し、ぬしと朝寝がしてみたいと染井に言わせたい」

「ご隠居、その言葉を聞くには千両箱の三つや四つ、すうっと染井の懐に消えますよ」

「染井の懐より楼主の懐だろうさ。まあ、夢のまた夢だねえ」

と隠居が夢が覚めたように言ったとき、幹次郎は明地を挟んであちら側の人波の背後に気になる人物を見た。

うむっ

背から灯りを受けて頬の殺げた貌《かお》が暗く沈んでいた。だが、三浦屋の仮宅近くで宗吉を匕首で刺そうとした男の貌だと幹次郎は思った。

幹次郎は一文字笠の縁を片手で押さえて顔を隠し、強引に人込みを分けて明地に出ようとした。

「浪人さん、前から並んでいるんですよ、割り込んじゃいけないよ」

と隠居が言い、幹次郎の風体を見て、

「なんだ、会所のお侍かい」

と道を開けてくれた。

「すまぬ」

そんな間にも幹次郎の視線は男を捉えて離さなかった。男が見ているのは浅草寺領東仲町の方角だ。その裏手に三浦屋の仮宅があった。

幹次郎は行列が通る通りにようやく出られた。男に気づかれないように通りを渡った。

そのとき、
わあっ！

という歓声が大川吾妻橋の方角で起こった。

どうやら聖天町の揚羽楼仮宅から染井太夫が御蔵前通りを通って押し出してき

たようだ。

橋口の人込みがさあっ、とふたつに分かれた。

幹次郎はただ男の殺伐《さつばつ》とした風貌を、そして、虚無を湛えた窪《くぼ》んだ眼窩《がんか》を見ていた。

男が東仲町から花川戸のほうへと視線を流した。

その瞬間、幹次郎と男の目が合った。

にたり
と男が笑った。

幹次郎と相手の間には数間の間があり、その間にびっしりとした見物の人込みがいた。

男の口が短く開かれて幹次郎になにかを警告した。だが、幹次郎にはその呟きは届かなかった。

その様子を窺った相手の手が動き、人込みの頭上に投げられたものがあった。

それは幹次郎に向かって緩やかな弧を描くように虚空を飛んで、幹次郎の片手がそれを摑んだ。摑んだ瞬間、辺りに香りが、
ふわっ

と立ち昇った。

匂い袋だ。

幹次郎は投げられた匂い袋を懐に仕舞うと前に立ち塞がる人波を分けようとした。

「無茶をするねえ、染井太夫のお練りだよ」

それでも幹次郎は、

「すまない、会所の御用だ」

と言いながら人込みを強引に分けてようようにして十重二十重の人込みの輪の外に出た。だが、男が立っていた場所にはもはやその姿はなかった。

幹次郎は一文字笠の縁を上げて前方を隈《くま》なく窺った。

雷御門の大提灯がかすかに揺れていたが、その下に空《うつ》ろな風が舞い、参道にもその両側の店辺りにも人影はなかった。

幹次郎は刀の鞘元を片手で押さえて思案した。

（どちらに向かったか）

この近くに潜んでいる予感がしていた。

ばたばた

と足音が幹次郎の背に響いた。振り向くと小頭の長吉と若い衆の金次が幹次郎の様子に気づいたか走り寄ってきた。

「神守様、なんぞございましたかえ」

長吉が訊いた。

「いつぞや宗吉を刺そうとした男の姿を見かけたので追ってみたが見失った。遠くへは行ってないと思うのだが」

「宗吉が刺されそうになったのは三浦屋の仮宅近くでしたな」

「いかにもさようだ」

「そやつ、何者で」

「吉原に恨みがあるようなことを言い残して消えた男に間違いない」

「なにか企んでのことですかえ」

「あの目つきは尋常ではないでな」

どうしたもので、と長吉が問うた。

「ふたりの太夫の行列になにかあってもいかぬ。警備を強めてくれぬか」

「承知しましたぜ」

と答えた長吉が、

「金次、おまえは染井太夫に従った面々に伝えろ」

と金次に命じ、自らは会所の長半纏の裾を靡《なび》かせて東仲町へと走っていった。

幹次郎は、やはりこの光景を男がどこかの暗がりから見張っているという強い予兆に襲われていた。すると匕首の切っ先を喉元に突きつけられたように恐怖心が湧いてきた。

刃がわが身を襲うなれば致し方ない、それが会所の裏同心の務めだ。だが、ふたりの太夫にそれが向けられることだけは避けねばならない。

幹次郎はますます興奮する背後の人込みをよそに浅草寺参道を透かし眺めた。

すると遠く本堂前の参道の奥に着流しの男が、
ふわり
という感じで姿を見せた。そして、幹次郎に向かい、お出でお出でをするように手招きした。

ふたりの間には一丁もの空間があった。

幹次郎が追えば相手はどこぞへと姿を隠しながらこちらの動きを牽制《けんせい》し、不意を突いてふたりの太夫の行列に襲いかかるやもしれなかった。

幹次郎は動かなかった。いや、動けなかった。

金縛りに遭ったように男が立つ本堂をじいっと見つめていた。
背では町内の鳶連が歌う木遣《きや》りが響き渡り、
ちゃりん
と鉄棒の輪が鳴って拍子を取っていた。
どどっ
というどよめきが東仲町の方角で起こった。
「薄墨太夫の出だぞ」
「いずれが菖蒲《あやめ》か杜若《かきつばた》と言いてえが、黒一色の振袖を着流した薄墨の襟元の、糸を引くような紅色がなんとも言えぬな」
「いかにも薄墨に朱を流し込んだような風情ですよ」
などという感想が聞こえてきた。
耐えていた。幹次郎は動かないことで相手の動きを牽制していた。それが男を危険の淵《ふち》に近づけさせないただひとつの方策だと考えていた。
男がふわっという感じで闇に溶け込んだ。
ひゅっ
横笛が寒い宵に吹かれて興奮する人々の気持ちを鎮めた。

「揚羽楼の染井太夫、馴染客お迎えの行列にございまーす」

と語尾を引いて甲高い娘の声がした。

染井の禿が叫ぶ声だろう。さらに続いて、

「三浦屋の薄墨太夫、浅草広小路お練りにございます！」

の声が呼応してまた一段と高いどよめきが広小路を圧して夜空に広がっていった。そして、
ちゃりんちゃりん
と鉄棒を引く鳶の連中の伊達《だて》とふたりの太夫の粋が醸し出す、

「艶」

ある光景が幹次郎の背を右から左へ、左から右へと流れていった。

どれほどの時が過ぎたか。

いつの間にか幹次郎の背後の高揚した空気が、
すうっ
と消えていき、それが溜息へと変わった。

そのとき、幹次郎は浅草寺本堂の回廊に男の姿がふたたび浮かんだのを見た。

今宵は前哨戦《ぜんしょうせん》だ。

次に奴が現われたとき、何かが起こることはたしかだった。

互いに遠目で言い合った。

(待ってな)

(そなたの企て阻止してみせる)

ふわり
と男の姿が本堂の奥の深い闇に溶け込んで消えた。

幹次郎はようやく緊張を緩めると広小路を振り向いた。もはやふたりの太夫の行列は並木町の料理茶屋山口巴屋に入ったか、最前まで広小路を埋めていた人波も消えていつもの門前町の景色に立ち戻ろうとしていた。人がまばらになった広小路のあちらこちらに番方の仙右衛門ら、会所の面々が立っていた。

幹次郎が広小路に戻ると仙右衛門が歩み寄ってきた。

「あ奴が出たそうで」

「つい最前まで参道を挟んで睨み合《お》うていた」

と幹次郎は男との無言の対決を語った。

ふうっ
と仙右衛門が息を吐いた。

「今晩は神守様のお陰で無事に終わりました」

「帰りがござろう」

「へえ、いかにもさようです。わっしはあやつが大勢の人前で事を起こそうという気がしますんで」

仙右衛門は客を仮宅に誘った帰路の道中は別の趣向があると言っていた。

「薄墨太夫は並木町から東仲町へ移るだけ、指呼《しこ》の間《かん》です。一方、聖天町の揚羽楼仮宅に戻る染井太夫ですがね、客と花魁のふたりには花駕籠を用意しましてな、周りをわっしらが固めて一気に走ります」

幹次郎は頷いた。

「あいつがなにを策しておるか」

と自問するように幹次郎が呟き、懐に片手を入れた。

「なんぞ手がかりがあるとよいのですがな」

幹次郎は黙って匂い袋を摑み出すと番方の仙右衛門に差し出した。

「これは」

「あやつが人波の頭上越しに投げてよこしたものだ」

「だれか提灯を持ってきな」

と仙右衛門が命じ、心得た宗吉がさっと手にしていた会所の名入りの高張り提灯を突き出した。

錦《にしき》の古裂《ふるぎれ》で作られた匂い袋は新右衛門町《しんえもんちょう》の小間物屋山城屋《やましろや》が数年前に売り出したもので、白檀《びゃくだん》などいくつかの香を混ぜて封じ込めた、秘伝の匂い袋だった。仙右衛門が紐を解いた。すると内袋が入れてあるところに折り畳んだ紙片が隠されていた。

「あやつの企てがこの紙片にございますかね」

と言いながら仙右衛門が紙片を開いた。

「名残り惜しいや徹三郎《てつさぶろう》様

伏見町散り桜　柳里《りゅうり》」

とあった。

「番方、散り桜はこたびの火事のあと、廃業をした楼ではないか」

幹次郎は柳里という名に覚えがあるような気がしたが、咄嗟に思いつかなかった。

「いかにもさようです」

仙右衛門はなにか思い当たった表情を見せた。

「神守様、汀女先生は未だ山口巴屋におられますかな」

「そう思うが」

「お付き合いくだされ」

ふたりは広小路から並木町の料理茶屋山口巴屋に急ぎ戻った。すると汀女は台所の板の間で玉藻、料理人のふたりと額を集めて何事か相談していた。明日のお品書きでも思案しているのか。

板の間の三人が険しい顔で戻ってきた幹次郎と仙右衛門を迎えた。

「玉藻様、七代目はどちらにおられますな」

仙右衛門の問いに帳場から、番方、ここだの声が応じた。

「汀女先生、ちょいと帳場に通してもらっていいですかえ」

と仙右衛門が硬い表情で汀女に言い、汀女が玉藻の顔を窺い見て首肯した。

「嫌なことが起こりそうですかな、神守様」

四郎兵衛の問いに幹次郎は宗吉を刺そうとした男との再会の模様を掻い摘《つま》んで話した。

「それがしが説明できるのは男との無言の対面だけです。真の事情は番方がご存じのようです」

幹次郎が答えると仙右衛門が、

「七代目、厄介が生じたかもしれません」

と手に握り締めていた匂い袋を一座に見せた。

その場には四郎兵衛、汀女、幹次郎、そして仙右衛門の四人が額を揃《そろ》えるように円座になっていた。その円座の中からかすかに香の匂いが漂った。

「匂い袋があやつの正体を解く鍵かな」

「七代目、袋にはこの紙片が入っておりました」

仙右衛門が今度は紙片を広げて一座の真ん中に差し出した。

「なんと、紛れもない柳里様の手跡」

と即座に応じたのは汀女だった。

「姉様、この遊女を知っておるか」

「私の弟子にございました」

「なにっ、弟子とな。妓楼は潰れたというではないか、柳里は今どうしておる」

幹次郎の問いにだれも答えなかった。しばらく重い沈黙が続いた。

「神守様はこの話、ご存じなかったか」

「七代目、幹どのは御用で江戸を留守にしておられました」

汀女の答えに、そうであったな、と四郎兵衛が首を縦に振った。

「神守様、柳里は一年余前に首を括って死んだのでございますよ」

「またどうして」

「さてその折りはなんという理由《わけ》であったか」

と四郎兵衛が奇妙な返答をした。

「たしか朋輩女郎とうまくいかなかったはずにございます」

「番方、思い出した。朋輩とうまくいかず妓楼にも会所にも相談したが、どうにもならないってんで首を括ったんだったな」

「そうでございました」

と番方も妙な口調で七代目に応じた。その場になんとなく釈然としない空気が漂った。

幹次郎の目が汀女に向けられた。

「柳里は朋輩から嫌われるような遊女であったか」

「いえ、気立てもよく見目も麗《うるわ》しいお女郎さんでありました。ただ、難を申せば気が弱いところがあったかもしれません」

「それで自ら命を絶ったか」

また場に硬い空気が流れ、四郎兵衛が、

「致し方ございませぬな。神守幹次郎様に黙っていたことがあやつを跳ね回らせることに繋がったのかもしれません」

と呟き、

「柳里は首を括って自死したのではないんでございますよ。今も堅固に生きておりますんで」

との答えに幹次郎は四郎兵衛の顔を見た。

三

「幹どの、この一件には私も関わっております」

「なにっ、姉様もとな」

「はい。柳里様は私が手習い塾を始めたころからのお弟子にございました。師弟の契りを結んでいたのはほんの短い間でしたので、幹どのも記憶にございますまい」

と汀女が断わり、話し出した。

「幹どのがどちらに御用旅をしておられたか、吉原を留守になされた折りに伏見町の散り桜の主どのと柳里様が手習い塾が終わった頃合、私に面会を申し出られました。その相談とは柳里様に落籍《らくせき》の話がある、そのことについて私の考えをというものでした。聞くに悪いお話ではございません、なにより当人もその気でおられました。ただひとつだけ厄介なことがございました」

「して、厄介とはなんだな」

「柳里様には起請彫《きしょうぼ》りを交わした客がいたのです」

起請彫りは入れ墨とも称した。客の中でも心から想いを交わした相手、吉原で情夫《まぶ》と呼ばれる男の名前を二の腕の内側などに密かに彫り込む、いわば遊女の忍ばせる意気地であった。

「それが徹三郎だな」

「へえ」

と受けたのは仙右衛門だ。

「徹三郎は上方と江戸を結ぶ下り酒を運ぶ千石船の水夫《かこ》でしてね、新酒の季節など命を張って一番船を狙う船方だけに、稼ぎもよければ気風《きっぷ》も悪くない。だが、玉に瑕《きず》はこ奴、無類の乱暴者で酒が入るとさらに人が変わったようになる。住まいは下り酒の問屋が並ぶ新川《しんかわ》沿いと聞いております。この徹三郎と柳里は起請彫りを交わしていた」

「厄介ですな」

幹次郎の相槌《あいづち》に首肯した仙右衛門が、

「柳里の場合、内股の秘所近くに、てつさま命とあったそうな。ええ、徹三郎が登楼した折りに強引に彫り込んだそうなんです。むろん柳里も憎くは思ってなかったでしょう。だが、心から起請を交わすほどの間柄ではなかったのもたしかです」

と仙右衛門が言い継ぎ、汀女と代わった。

「そんな折りのことです。ふたつ事がほぼ同じ頃合に起こったのです。ひとつは内藤新宿の畳屋の跡継ぎどのが柳里様を身請けしたいと散り桜の内証に相談され、この話が私のところまで回ってきたことです。さらにその数日後に徹三郎が賭場で町方に捕まり、博奕常習の廉《かど》で百叩きの上、江戸十里四方追放の沙汰を受けたのです。そんなことが数日内に立て続けに起こったのです」

「柳里は起請を交わした徹三郎より身請けを申し出た畳屋の跡継ぎを選んだのだな」

「へえ、畳屋の跡継ぎといっても親父に職人がふたりほどの小さな畳屋です。ですが、桂次《けいじ》は腕のいい職人でしたし、親も柳里が吉原の女郎と知っても倅の気持ちを汲んで嫁に入れようと、この話に賛成してくれたのです。散り桜の主も身請けの話に乗り気でした」

「罪咎を起こした者より真っ当に働く職人と一緒になろうと決意した。柳里は当然の道を選んだわけだ」

そこでふたたび一座を沈黙が支配した。だが、仙右衛門が覚悟をしたように口を開いた。

「わっしらの知恵もあって柳里の落籍は偽装されました」

「偽装とはどのようなことですな」

「楼内で首を括って死んだということにして、その実ひっそりと吉原から姿を消したのですよ」

と答えた仙右衛門が深い溜息を吐いた。

「その事情を承知していたのはせいぜい楼の朋輩くらいでしょう。そして、過日の吉原炎上で散り桜は廃業し、朋輩たちも散り散りになった」

「柳里は死んで生き返ったというわけですな。ところがここに来て徹三郎が吉原に姿を見せた」

「わっしは野郎が江戸追放ののち、上方辺りに草鞋を脱いでいたと思いますがね、野郎は千石船の水夫で上方には縁がございますからね。それでほとぼりが冷めたというので江戸に舞い戻ってきて柳里が死んだのを知ったのではございませんか」

「だが、惚れていた柳里が死んだことを知った徹三郎が吉原に恨みを抱く曰くが分からぬな」

と幹次郎が自問するように呟いた。

「幹どの」

と汀女が言いかけるのを四郎兵衛が制し、

「私どもの小細工をあいつが察したからですよ」

と言った。

「小細工とはなんでございますな」

「汀女先生から柳里の話を最初に聞いた折り、私は番方に徹三郎の行状《ぎょうじょう》を調べさせたのでございますよ。そこで賭場に出入りしていることを知った」

「相分かり申した」

と幹次郎が苦衷《くちゅう》の表情の四郎兵衛の言葉を遮った。

柳里の幸せを思い、会所では賭場に役人を踏み込ませて徹三郎をお縄にし、江戸十里四方追放にしたのだ。柳里に首を括らせる偽装までさせたのは徹三郎が後々江戸に舞い戻ってくることを想定して念を入れたのだろう。

「神守様、徹三郎をお縄にする段取りをしたことは今でも悔いてはおりませぬよ。だが、柳里を自裁に見立てて大門の外に送り出したのはちと行き過ぎだったかもしれませぬ」

四郎兵衛は寝ざめの悪い顔をしていた。

「幹どの、それもこれも柳里様の幸せを思えばこその考えでした」

と汀女も苦渋《くじゅう》の顔で言った。

しばらく一座に沈黙が続いた。

「徹三郎が真相をどこまで知って吉原に悪さを仕掛けてきたのか」

幹次郎の独白に、

「まさか柳里が生きておるとは承知しておりますまい」

「知られてはなりませぬ、仙右衛門どの」

「汀女先生、そればかりは避けたい」

と四郎兵衛も言った。

「柳里の朋輩はどうなりましたかな」

と幹次郎が過去の話からそこへ持っていった。

「数人の女郎が他楼に移り、仮宅で客を取っておりますよ」

「番方、徹三郎が朋輩のところに顔を出したかどうかを知るのが先決ではないか」

「へえ」

と答える仙右衛門に、

「なんとしても柳里の身は吉原会所が守らねばならぬ」

と四郎兵衛が険しい顔で命じ、

「七代目、内藤新宿にも目を光らせます」

仙右衛門が畏まり、幹次郎が刀を手に立ち上がった。

伏見町の小見世散り桜にいた女郎の中で柳里と一番親しかった朋輩千菊《せんぎく》は、深川新石場の仮宅富士野屋《ふじのや》にいた。

幹次郎と仙右衛門は今戸橋の牡丹屋から徒歩で大川を渡り、越中島の仮宅を訪ねた。

五つ半で仮宅も最も客の賑わう刻限だったが千菊は茶を挽いたか、独りぽつんと張見世にいた。そして、ふたりの影に作り笑いをして格子ににじり寄ってきた。だが、正体を見て取り、

「なんだい、会所の番方に用心棒か」

「そう言うねえ」

仙右衛門は腰の煙草入れから煙管を抜くと刻みを詰めた。それを見た千菊が煙草盆の火を差し出した。

ふうっ
と一服吸った仙右衛門が格子の中に煙管を差し入れた。

「吸い付け煙草も番方ではねえ、一文にもなる気遣いはないや」

と嫌味を言った千菊はそれでも煙草をふかし、

「楼を替わるところも客足に差が出るかねえ」

と嘆いた。

「散り桜が商いを続けていてほしかったか」

まあね、と答えた千菊が、

「旦那も女将さんも女郎屋をやるには気が弱いやね、火事がいい潮時だったと思うよ」

と廃業を得心したように言った。

「千菊、ちょいと訊きたいことがあって新石場まで足を延ばした」

「なんだい」

「死んだ柳里のことを最近訊きに来た者がいないか」

仙右衛門の言葉に、千菊の顔が、はっ、と驚きの表情を見せた。

「来たんだな」

「だれがさ、番方」

「千菊、冗談は抜きだ、マジな話だ。柳里の情夫だった徹三郎が来たかと訊いているんだ」

仙右衛門の鋭い視線が格子越しに千菊を射た。

ふうっ、と息を吐いた千菊が、

「わたしゃ、なにも喋ってないよ」

「とはどういうことだ、花魁」

「だから、おちよちゃんが生きていることをだよ」

柳里の本名はちよというのか。

「徹三郎はどこまで承知していた」

「死んだときの様子をうだうだとしつこく訊きやがってさ、面倒になったから遣手のとわさんに訊きなと突っ放したんだよ」

「とわはどこに移った」

「この稼業から手を引いたよ。中之郷横川町《なかのごうよこかわちょう》の質屋の家作に独り住まいしているよ。大黒屋《だいこくや》の長屋といえばすぐに分かるよ。法恩寺橋《ほうおんじばし》と業平橋《なりひらばし》のちょうど中ほど、北割下水《きたわりげすい》より北側の裏手辺りだよ」

と千菊は訪ねたことがあるのか、とわの住まいを詳しく教えた。そして、

「おちよちゃんはどうしているかねえ」

と呟いた。

すでに四つ（午後十時）を過ぎていた。

大黒屋の家作を見つけられるかどうか危ぶんだが、偶然にも夜廻りと出会い、その老爺《ろうや》から、

「大黒屋の長屋なら、ほれ、その路地を入った右手の木戸だ。まだ長屋から灯りが漏れていたよ」

と教えてくれた。

ふたりが木戸口を入ると長屋の一軒に灯りが点り、人が出入りする気配があった。

仙右衛門の足が早くなった。

腰高障子が半ば開けられた長屋の戸口に仙右衛門が、

「御免なさいよ」

と立った。

幹次郎も番方の肩越しに九尺二間（間口約二・七メートル、奥行約三・六メートル）の長屋を覗いた。

男女が数人、白布が顔に掛けられた仏を囲んで所在なげに座っていた。

その者たちが訪問者を見た。

「お取り込みのようで申し訳ございません。この長屋にとわさんが住んでいると聞いてきた者ですが教えてくれませんか」

大黒屋の手代か、仙右衛門の問いに仏を手で指した。頷く男女は義理で付き合う長屋の住人と思えた。

「とわさんが亡くなられた」

一同が頷いた。

「それはまたどうして」

一座がしばし沈黙し、手代風の男が、

「おまえ様方はどちらさんで」

と身元を尋ねた。

「わっしらは吉原会所の者でね」

「なんの用ですね」

「とわさんはどうして亡くなったんで」

相手の問いには答えず仙右衛門が質した。ふたたび一座が顔を見合わせ、ひとりの女が喋り出した。

「夕刻のことだよ、あいつがふらりと姿を見せてとわさんの長屋に入り、戸を後ろ手で閉めたんだよ。それから四半刻もしたころかね、ぎゃあっ、というもの凄い悲鳴が上がってあいつが飛び出してきたんだ。手にさ、匕首を握り締めてさ、血が滴《したた》り落ちているのも見えたよ」

「血が滴ってるのが見えたものか、もう暗かったぞ」

と年寄りが女に反論した。

「元爺《げん》、なんだよ、私が見えたったら見えたんだよ。おまえさんと違い、まだもうろくしてないからね」

「なんだと」

まあまあ、とふたりを制した仙右衛門が、

「とわさんがその奴に殺されたんですかえ」

「そうだよ、私たちが飛び込んだときにはとわさんがさ、虚空に手を差し伸べていたがさ、すぐにことんと手が胸に落ちて一巻の終わりさ」

元爺が答えた。

「刺した野郎は二十七、八の目の鋭い男ですかえ」

「ああ、徹次郎《てつじろう》だか、鉄五郎《てつごろう》だかそんな名前だよ。とわさんが最初にそう呼びかけたのを井戸端で聞いたもの」

と最前の女が答えた。

「徹三郎だよ」

と元爺が訂正し、

「長屋で通夜なんて何年ぶりかねえ。それに酒もねえときた」

とぼやいた。

「わっしらも縁がないわけじゃねえ。お線香を上げさせてくれませんかえ」

仙右衛門の言葉に一座の者が座を少しずつ空けた。

最初に仙右衛門が、そして続いて幹次郎が驚きと恐怖の表情を未だ残したとわの顔と対面し、合掌して冥福《めいふく》を祈った。

「一同様、わっしらも通夜に付き合いたいがとわさんを殺した徹三郎の動きが気になります。これで失礼させてもらいますよ」

挨拶した仙右衛門が懐紙に一分を包み、

「お線香代です」

と一座の前に差し出すと元爺が、

「これで酒が呑める」

と呟いた。

仙右衛門と幹次郎は深夜の町を走り、その足で内藤新宿に駆けつけた。閉じられた大木戸を避けて裏路地伝いに内藤新宿仲町《なかちょう》の裏手に回った。

柳里ことおちよを吉原から落籍させた畳屋の桂次の店は、太宗寺《たいそうじ》の西側にあった。間口せいぜい二間の、店と住まいを兼ねた家だった。

辺りは森閑として深い眠りに就いていた。

「どうやら間に合いましたな」

仙右衛門の声には安堵が漂っていた。

幹次郎は辺りの様子を窺ったが異変が生じた気配は感じ取れなかった。ふたりは太宗寺の横塀にある通用門の暗がりに身を潜めた。そこからなら桂次の店を見通せるからだ。

「徹三郎はとわから事の真相を聞き出しておりましょうな」

「間違いございませんよ、だから、かあっとなってとわを刺殺している」

「となると、あ奴がこの近くにいることだけはたしかだ」

「わっしらが間に合ったのは、とわが桂次の家を内藤新宿としか知らなかったからですよ。この住まいを承知なのはほんのひと握りの者だけでね、汀女先生もご存じではございませんので」

幹次郎は頷いた。

「寒さに震えて夜明けを待つしかございませんな。徹三郎が嗅ぎつけるとしても夜が明けてからですよ」

長く寒い夜がゆるゆると過ぎていった。

幹次郎と仙右衛門は体の芯まで凍えて朝を迎えた。

「神守様、わっしは四郎兵衛様に使いを出す手筈をして参ります、しばらくひとりで願えますかえ」

「承知した」

仙右衛門が去って四半刻後、桂次の畳屋の表戸が開けられた。背丈がひょろりとした若い職人が戸を家の横手の壁に設けられた戸袋に仕舞い、土間に作業台を並べると表を掃き清めた。

「桂次さん、おみおつけができたよ」

と若い女の弾むような声が奥から響いて、おうっ、と答えた桂次の口から白い息が吐き出された。

幹次郎はその光景を見ただけでおちよが幸せな暮らしをしていることが分かった。

(絶対にこのふたりの暮らしを壊してはならぬ)

それが吉原に職を得た裏同心の決意だった。

「お待たせ致しましたな」

と思いがけなくも仙右衛門が太宗寺の境内から姿を見せ、

「太宗寺の庫裏《くり》に話をつけました。朝餉を食べることができますよ」

と仙右衛門は見張所ができたことを幹次郎に報告した。

四

今戸橋の仮会所牡丹屋から幹次郎と仙右衛門の姿が消えて二日が過ぎた。

太宗寺は内藤新宿の名の所縁《ゆかり》である旧高遠《たかとお》藩主、内藤家の菩提寺であり、その縁で吉原会所とも関わりがあった。

吉原会所とは高遠藩内藤家の御留守居役を通じての付き合いとか。

番方の挨拶を快く受けてくれて、桂次の畳屋の表が望める境内の鐘撞《かねつ》き堂《どう》の小部屋を空けてくれた。ここは広い境内を掃除する道具などが保管されている場所だ。中二階に切り込まれた小さな窓から塀越しに桂次の家の表が見えた。これでふたりは寒さや雨露を凌いで見張ることができた。三度三度の食事も庫裏で摂《と》ることが許された。

「野郎、姿を見せませんな」

「番方、必ずや来る」

「徹三郎は、かあっとする性質《たち》だ、それが二日も姿を見せないとはどうかしてますぜ」

「番方は奴が諦めたと思われるか」

「それはねえな」

幹次郎と仙右衛門は何度も同じやり取りを繰り返した。

そんな夕暮れ、四郎兵衛が宗吉ひとりを供に新宿に上がってきて、宗吉を外に待たせて鐘撞き堂の中二階を訪れた。

「神守様、番方、ご苦労だねえ。この話ばかりはこれ以上広げたくないからね、手助けは送り込めない」

「七代目、覚悟の前でございますよ」

「女衆から綿入れの差し入れだ」

と二枚の袖無しを差し出した。

「これは助かります」

汀女と玉藻の考えだろう。

「徹三郎め、姿を見せる気配はございませんか」

「ちらりともその様子はございません。だが、必ずや参ります。ただなぜ時をかけるのかそれが気になります」

幹次郎の言葉に四郎兵衛が頷いた。

「うちも八方手を尽くして徹三郎の行方を追ってきた。野郎が上方と江戸を往来する酒樽船の水夫時代から馴染みの深い新川界隈で聞き込みを行ったところ、野郎が昨日も新川裏手の曖昧宿に顔を見せ、伝馬町の牢屋敷仲間に力を貸せと頼んでいるのが分かった。河童《かっぱ》の権三《ごんぞう》って江戸無宿者で、徹三郎と一緒に百敲《たた》きに遭って江戸追放の沙汰を受けている野郎だ。この繋がりで一刀流の腕っ節が強い、疋田卯之助《ひきたうのすけ》という剣術家が新川から姿を消している」

「なにをしようというので、徹三郎め」

「柳里を身請けした男は許せぬ《ぬ》え、一家を叩き殺すと喚いていたそうだ」

「見当違いなことを吐かしやがって」

と仙右衛門が吐き捨てた。

「四郎兵衛様、どのようなことが起きようと番方とふたり、徹三郎の企みを阻んでみせます」

幹次郎が言い切った。

「番方、この一件、太宗寺とは話がついておる。墓守人に大きな墓穴を掘らせた」

と七代目は最後に言い残し、宗吉を伴い、浅草へと戻っていった。

四郎兵衛の齎《もたら》した話に徹三郎の襲来が近いと見たふたりは、さらに神経を集中して小窓から桂次とおちよが暮らす家を見張った。

この夜、寒さが一段と募った。

天明七年もあと四日、いや、正味三日を残すのみになっていた。

桂次の畳屋は師走とあって連日遅くまで仕事を続けていた。この夜も店仕舞いして表戸が下ろされたのは五つ半過ぎのことだった。

その様子を見た幹次郎は鐘撞き堂の中二階を下りると厠《かわや》に行った。すると夜空からちらちらと白いものが落ちてきた。

「番方、雪だぞ」

と中二階への梯子段《はしごだん》を上がると仙右衛門が、

「神守様、野郎が姿を見せましたぜ」

と興奮を抑えた体で報告した。

「仲間連れかな」

「いえ、独りなんで。畳屋の表をすいっと通り抜けた人影がありましたんでねえ、おや、と思い見ておりますとまたそいつが戻ってきやがった。あの挙動は牢屋敷の飯を食った徹三郎に間違いございませんや、油断がならねえ。おれが表に出たときにはもう姿は掻き消えておりました」

「下見じゃな」

「間違いございません、今晩、また姿を見せますよ」

雪のせいで気温が一段と下がった。ふたりは玉藻と汀女からの差し入れの綿入れを着込んでいたが、それでも夜が深々《しんしん》と更《ふ》けるにつれて体が冷え込んできた。

四つ、ふたりが籠《こも》る中二階に陰々《いんいん》とした鐘の音が響いてきた。

ふたりの真上からではない。内藤新宿に聴こえる時鐘は江戸幕府が認めた九か所のひとつ、天龍寺《てんりゅうじ》の鐘の音だ。

この寺の鐘は遠くまで尾を引くように響くと評判の江戸三大名鐘のひとつだ。笠間《かさま》藩主の牧野成貞《まきのなりさだ》が谷保《やほ》の名鋳物師《いものし》関孫兵衛《せきまごべえ》に命じて造らせ、寄進《きしん》したものだった。

さらに半刻後、二八蕎麦《にはちそば》の担ぎ屋台が畳屋の前を通った。すると畳屋の表戸が開いて、

「蕎麦屋さん、かけを六つくださいな」

とおちよの声が注文した。なんと畳屋では、表戸を下ろしたが中で仕事を続けていたらしい。

幹次郎は、

「それがし、通用口に下りておる」

となにかあってもいいように鐘撞き堂を出た。

幹次郎が太宗寺の裏戸を出ると塀下の暗がりを伝い、畳屋に接近した。

かけ蕎麦が狭く開けられた戸の向こうに消え、しばらくすると空の丼が外に出された。

「蕎麦屋さん、ありがとう」

女の影が二八蕎麦屋に銭を払い、

「留《とめ》さん、風邪を引かないでよ」

というおちよの声に、

「おまえさん方こそ気をつけな」

と蕎麦屋が担ぎ屋台を背負って畳屋の前から去り、ふたたび表戸が閉じられた。

幹次郎はもはや鐘撞き堂には戻らなかった。

九つの鐘がふたたび天竜寺から鳴り響いた。

内藤新宿の屋根や路地に一寸（約三センチ）ばかりの雪が降り積もろうとしていた。

幹次郎の被った一文字笠にも雪が舞い落ち、笠が重くなった。するとふたたび二八蕎麦屋が姿を見せた。

年の瀬も押しつまり、どこもが夜鍋仕事をしているのか。

幹次郎は何気なく二八蕎麦屋の灯りを見ていたが、

（最前の蕎麦屋と違うのか）

と思った。すると何か胸の中で警告の音が鳴り響くのを感じた。

幹次郎は雪夜に頬被りをして屋台を担ぐ蕎麦屋を改めて見た。最前と蕎麦屋の屋台は一緒だ。行灯の屋号は丸に当たり矢だ。だが、人が違うと思った。

しかし蕎麦屋は、なにごともなく桂次の畳屋の前を通り過ぎた。

（やはりさっきの蕎麦屋か）

蕎麦屋が消えたあとには雪道に足跡がくっきりと刻みつけられていた。その足跡が段々と消えていった。

桂次の家も夜鍋仕事を終えて眠りに就いていた。

万物が凍てつき、眠りに落ちている中、ただ深々と降る雪の気配だけがあった。

足音がまたどこからか聞こえてきた。

屋台の行灯の灯りを消した二八蕎麦屋がふらりふらりと戻ってきた。仕事を終えて家路につく姿か。

しかし、幹次郎は異変を嗅ぎ取っていた。

寒さに強張った体で暗がりから立ち上がった。ばりばりと固まった筋肉が鳴った。

幹次郎はその場で寒さに悴《かじか》んだ手を屈伸《くっしん》させた。それが辺りの空気をかすかに揺らした。

別の足音がひたひたと畳屋に近づいてきた。

蕎麦屋が担いだ屋台を雪道に下ろした。

ふうっ

と寒さに抗するように頬被りの口から息を吐いた。

ひたひたと歩み寄る足音がふたつ、屋台に近づき、三つの影は無言の裡に仕度を始めた。

ひとりが屋台に残された種火を手にした。

蕎麦屋の男だ。

こやつが河童の権三だ、幹次郎は思った。

合流した影のひとつは間違いなく宗吉を襲った徹三郎だ。懐に片手を突っ込み、殺げた頬で畳屋を眺めた。

三番目の影は小太りで、腰にぴたりと大小が納まっていた。長年、血を見る仕事で身過ぎ世過ぎを送っていた感じがあった。疋田卯之助だ。

三つの影が無言で頷き合った。そして、行動を起こそうとした。

その時、太宗寺の表門の方角からひとつの影が浮かび上がった。

番方の仙右衛門だ。

三つの影が、

ぎくり

と動きを止めた。

仙右衛門は沈黙したまま歩んできた。肩に雪が積もっているところを見ると仙右衛門も鐘撞き堂の小部屋を出て外で見張っていたのだろう。

動きを止めた三つの影の前、五間（約九メートル）ほどのところで仙右衛門の足が止まった。

「徹三郎、おめえの思い通りにはさせねえ。吉原には吉原の仁義があってな。遣手のとわの仇《あだ》を討たせてもらうぜ」

仙右衛門の沈んだ声が言った。

「会所の野郎か、汚ねえ手を使いやがって」

「汚ねえ手だと」

「柳里が首を括ったなんぞと嘘を撒き散らしやがって、その陰で身請けの画策《かくさく》をやってのけたな」

「おめえになんの関わりがある」

「おれは柳里と起請彫りを交わした男だ、あの女の勝手にはさせねえ」

「徹三郎、おまえが起請を交わした女郎の柳里は死んでもはやこの世にはいないんだぜ」

「いや、生きてやがる。桂次って畳屋と一緒になった女が柳里だ」

「違うな。桂次の女房はちよって堅気の女だ、てめえなんぞが触れられる相手じゃねえ」

と仙右衛門が言い切った。

徹三郎が懐から片手を抜いた。すると手には抜身の匕首が冷たく光っていた。

仙右衛門も背帯に差し込んだ匕首を抜いていた。

「徹三郎、一気にかたをつけねえ。あとに仕事が待っていらあ」

と河童の権三が徹三郎を唆《そそのか》した。権三の手には屋台に隠していたか、長脇差が提げられていた。

三番目の剣術家がふいに後ろを振り向いた。

その視線の先に神守幹次郎が立っていた。

「ほう、おぬしが吉原会所の用心棒か」

「そなたが疋田卯之助じゃな」

「名なんぞとうの昔に捨ててきた」

「一刀流を遣うそうだな」

幹次郎と仙右衛門が屋台の三人を前後から挟み込んでいた。だが、人数が多いのは徹三郎の側だ。

ちえっ
河童の権三が舌打ちした。

「徹三郎、話がだいぶ違うな。昔の馴染の家に押し込み、女をかっ攫って金を盗み出す朝飯前の仕事って言ったな」

「河童、世間にままある見込み違いよ」

「よし、疋田の旦那、こやつら、叩き殺して仕事にかかるぜ」

河童の言葉に剣客疋田卯之助がそろりと剣を抜いた。その傍らで権三が長脇差を抜くと鞘を雪道に捨てた。

もう一方の戦いは仙右衛門と徹三郎の一騎打ちだった。互いに得物《えもの》は匕首一本だ。

幹次郎は腰の二尺七寸の無銘の剣をわずかに寝かせた。

疋田は抜き放った剣を右肩の前に立てた。

権三は長脇差を左手に構え、切っ先を幹次郎に向けていた。

間合は一間半。

睨み合う両者の間を霏々として雪が舞い散っていた。

「行くぜ」

徹三郎が仙右衛門に宣告したとき、戦いは始まった。

匕首を翳したふたりがほとんど同時に踏み込んでいた。

疋田が気配も見せず八双に構えた剣に弧を描かせて踏み込んできた。同時に権三が左利きの長脇差を、幹次郎の右首筋を引き斬るように落としてきた。

幹次郎はふたりの遅速を読んで権三の左手に飛んでいた。同時に二尺七寸が鞘走り、光になって権三が片手殴りに叩きつけてきた胴を薙ぎ斬っていた。

うぅっ

とその場に立ち竦んだ権三が低い呻きを漏らした。

幹次郎は権三の傍らを流れるように走り抜け、

「眼志流横霞み」

と呟くと、

くるり

と反転した。

ふわり

と権三が雪道に崩れ落ちた。

その視界に疋田卯之助が迫っていた。

幹次郎の剣が横手に寝かされ、切っ先が飛び込んでくる疋田の喉元を狙い、踏み込んだ。

八双の構えから振り下ろされる刀と切っ先を喉元に突き出す二尺七寸が生死の境で交わった。

だが、修羅場を潜り抜けた数の多さが幹次郎の踏み込みを大胆にしていた。

その差が勝負を分かった。

ぱあっ
と幹次郎が一剣に託した切っ先が疋田の喉元を突き破り、雪道に血飛沫を振り撒いた。

疋田卯之助の足が縺《もつ》れてよろめき、二、三歩前進すると顔から雪道に突っ込みながら斃れていった。

視線を上げた幹次郎の目に仙右衛門と徹三郎が匕首を煌めかせて絡み合ったのが見えた。

ふたつの体はひとつになってしばらく身動きひとつしようとはしなかった。

幹次郎は手にしていた無銘の剣に血振りをくれた。そのせいで雪が静かに舞う辺りの空気が震えた。

絡み合っていたふたつの体のひとつが、
ずるずる
と崩れた。

仙右衛門の背がひとつ身震いすると、

「柳里はこの世から完全に消えましたぜ」

と呟いた。

幹次郎が黙って首肯すると刀を鞘に納め、斃れ込んだ疋田の足を摑むと雪道を引きずって太宗寺の墓地へと運んでいった。すると仙右衛門がそれを真似て徹三郎の体を引きずって続いた。

幹次郎と仙右衛門のふたりが徹三郎らを墓地に掘られた大穴に投げ込み、土をかけ終わったとき、内藤新宿界隈に三、四寸も雪が積もり、戦いの痕跡を完全に消し去っていた。

天明七年の大晦日《おおみそか》、幹次郎らは本所深川の夜廻りを終えて月が冴え冴えと輝く下、大川を渡っていた。

夜半に近いというのに永代橋《えいたいばし》にも両国橋《りょうごくばし》にもたくさんの人影が往来していた。借金を逃れて九つの鐘の鳴るのを待つ者と掛取りに回る奉公人の駆け引きも除夜の鐘と一緒に終わりを告げる。

「神守様、今年も一年が終わりましたな」

と仙右衛門がしみじみと呟いた。

「終わろうとしておる」

幹次郎が答えたとき、どこで打ち鳴らすか煩悩《ぼんのう》を消す鐘の音が大川に響き渡ってきた。

船頭の政吉は櫓を止めた。そのせいで幹次郎らは百八つの鐘を流れの上で聞くことになった。

幹次郎の胸にこもごもの考えが浮かんだ。

去年《こぞ》の鐘　新玉《あらたま》の音　師走かな

下手な五七五が幹次郎の脳裏を過った。

二〇〇八年三月　光文社文庫刊

光文社文庫

長編時代小説
仮《かり》　宅《たく》　吉《よし》原《わら》裏《うら》同《どう》心《しん》(9)　決定版
著者　佐《さ》伯《えき》泰《やす》英《ひで》

2022年8月20日　初版1刷発行

発行者　鈴木広和
印刷　萩原印刷
製本　ナショナル製本

発行所　株式会社　光文社
〒112-8011　東京都文京区音羽1-16-6
電話（03）5395-8149　編集部
8116　書籍販売部
8125　業務部

落丁本・乱丁本は業務部にご連絡くだされば、お取替えいたします。
ISBN978-4-334-79338-8　Printed in Japan

組版　萩原印刷